空で出会ったふしぎな人たち

斉藤 洋 作
高畠 純 絵

装丁／高畠 純

空で出会ったふしぎな人たち

もくじ

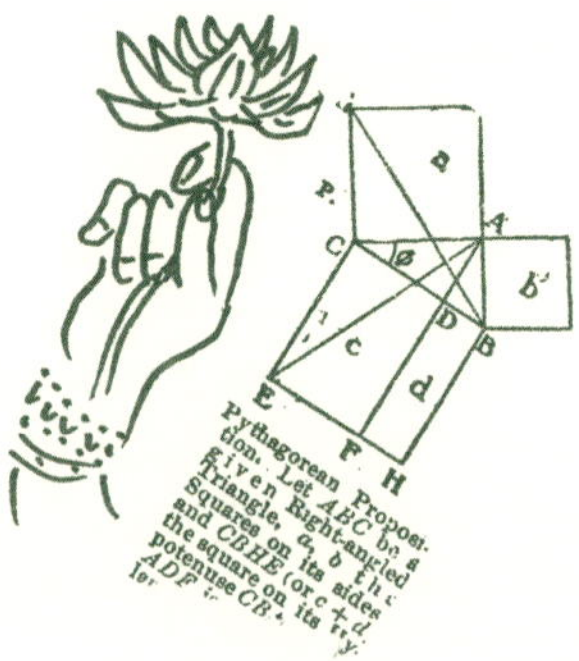
Pythagorean Proposi-
tion. Let ABC be a
given Right-angled
Triangle,

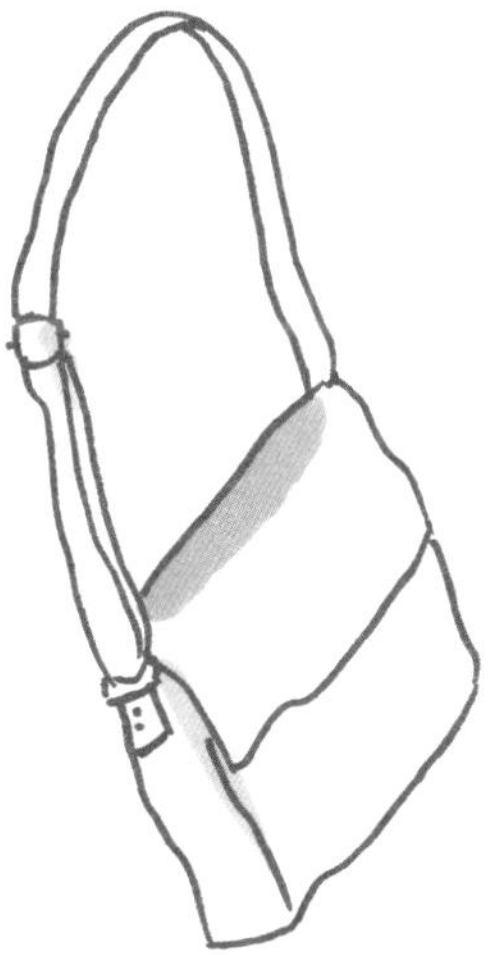

プロローグ

たとえば、あなたが江戸《えど》時代にタイムスリップしたとしましょう。場所は長崎《ながさき》あたりで、あなたはいわゆる南蛮人《なんばんじん》のかっこうをしていきます。それで、ハングライダーでさっそうと、どこかの家の庭におりたち、そこの住民に、

「こんなもの、買いませんか？　便利ですよ。」

といって、江戸時代にはまだないペンライトを売ろうとします。

そのときの買い手の人柄《ひとがら》にもよりますが、凧《たこ》みたいなもので人間が空からおりてくることだってあるだろうし、点火しなくても明るくなる蝋燭《ろうそく》なんて便利だなあと思うようなタイプで、しかも、お手頃《てごろ》価格《かかく》だとすれば、つい、

「それ、買います。」

というのではないでしょうか。

それで、つぎにまたその人のところにハンググライダーで出かけていき、今度は、おもちゃのラジコンのロボットを売るのです。すると、買い手は、

「へえ、めずらしいからくり人形だねえ。これ、どうして動いたり、止まったり、右にいったり、左にむいたりするんだろうねえ。」

とあなたにたずねるかもしれません。

そのときあなたは、べつにラジコンの仕組みを説明する必要はなくて、

「これ、南蛮渡来《なんばんとらい》の品ですからねえ。」

とかなんとかいって、

「これ、いいでしょう。」

とすすめれば、値段《ねだん》にもよりますが、それなりに安ければ、買ってもらえます。

ペンライトとラジコンのロボットを受けいれてもらえれば、あとは、たいていのものはだいじょうぶ。いろいろと買ってもらえると思いませんか。

それで、あるとき、あなたはその買い手にこういうのです。

「じつはね。今までここにお持ちした品物は、山のあちこちにあるカオスという場所から出てくるものなんですよ。まあ、それは穴《あな》みたいなもんですけど、その穴のそうじなんかしてるとね、おもしろいものが出てきたりするんですよ。ほら、これまであなたに買っていただいた摩訶《まか》不思議《ふしぎ》蝋燭《ろうそく》とか、南蛮《なんばん》からくり人形とか、そういうのが出てくるんです。わたしはそうやって、品物を仕入れているんです。

穴はだれのものでもありませんから、出てくるものは、いわばただでもらえるんです。つまり、仕入れにお金はかからないってことです。どうです？　あなたも、わたしと同じ仕事をしてみませんか？　山でカオスという穴を見つけて、その手入れをして、そこから出てくる便利なものをどこかで売るんです。むろん売らないで、あなたのものにしてもいいんですよ。それって、けっこうすてきじゃないですかねえ。」

すると、たぶんあいては、

「それ、いいですねえ。でも、わたしにできるかなあ。できるなら、やらせてもらいます。」

というでしょう。

このたとえはいくらかちがうのですが、まあ、こんなふうにして、わたしはふしぎなトルコ人のアッバス・アルカン氏から、最初に、中に入ると外からこちらが見えなくなる筒型《つつがた》の穴《あな》と空飛ぶ玄関《げんかん》マットを買い、そのあと、いろいろなものを買ったり、ときにはもらったりしたのですが、それをいちいちここで話していると、プロローグが終わりませんから、今のところは、わたしがふしぎなものをいろいろ持っているということを受けいれてさえいただければ、それでいいということにしましょう。

アッバス・アルカン氏の正体《しょうたい》はカオスの管理《かんり》エージェントで、カオスから出てくるものをあちこちで売っている販売人《はんばいにん》だったのです。それで、わたしはある日、アッバス・アルカン氏から、カオスの管理《かんり》エージェントにならないかとすすめられたのです。

つまり、最初にあげた例に出てきた江戸《えど》時代の人みたいに、わたしは、自分にできるだろうかと思いながら、カオスの管理エージェントになることを引きうけたのでした。

そうそう、江戸時代の例ですが、あれは、わたしのしていることをわかっていただくためにあげた例で、あくまで例ですから、じっさいとはちょっとちがいます。カオスは山の中ではなく、空にあるのです。

もう少しくわしくカオスとカオスの管理エージェントについて説明すると、こんなふうです。

まず、カオスとはなにか?

これは日本語では、〈混沌《こんとん》〉と訳《やく》されています。

宇宙《うちゅう》が生まれる前の状態《じょうたい》ということになっています。

もっとかんたんにいうと、〈ぐちゃぐちゃになっていて、なんだかわからないもの〉だそうです。

たしかに、カオスの中はぐちゃぐちゃになっていて、よくわからないかもしれません。

わたしは中に入ったことがないので、中のことはまるでわかりません。ですが、カオスの出口はけっして、ぐちゃぐちゃではなく、空中に浮《う》かぶジグザグの線です。これは特殊《とくしゅ》なゴーグルを使わないと、目に見えません。

形についていうと、ひらがなの〈く〉の字をふたつ、縦《たて》にならべたような形をしています。色はさまざまで、暗い色の場合は、あまり性質《せいしつ》のよくないカオスで、明るい色のはよい性格《せいかく》だといわれています。わたしが見た範囲《はんい》でいうと、高さは三メートルちょっとくらい、幅《はば》は三十センチくらいです。

性質のいいカオスからは便利で無害なものが、そして、たちの悪いカオスからは竜巻《たつまき》とかペスト菌《きん》が出てくるといわれています。

カオスの管理《かんり》エージェントの仕事は、カオスを見つけ、修繕《しゅうぜん》すべきところがあれば、修繕することです。

どこからも給料は出ませんが、カオスから出てきたものは、管理エージェントがもらっていいきまりです。それは自分で持っていてもいいし、しかるべきあいてがいれば、売っても、贈与《ぞうよ》してもかまいません。

ここで、筒型《つつがた》の穴《あな》と空飛ぶ玄関《げんかん》マット以外で、わたしがアッバス・アルカン氏から買ったもののうち、とくに便利なものをふたつだけ紹介《しょうかい》しておきましょう。

それはふしぎな電気雲とふしぎな島です。

ふしぎな電気雲はわたあめくらいの大きさで、発電する雲です。これがあると、電気料金が基本料金だけですみます。

ふしぎな島というのは、東京湾《とうきょうわん》にある見えない浮島《うきしま》で、ここにいくためには、空飛ぶ玄関《げんかん》マットに乗っていきます。

そうそう、空飛ぶ玄関マットと電気雲には名前があります。空飛ぶ玄関マットはチャルシャムバ、電気雲はペルシェンベです。

空飛ぶ玄関マットのチャルシャムバに乗ってどこかにいくときは、

「テシェキュレデリム！　さあ、チャルシャムバ。飛んで、〇〇〇にいこう！」

ということになっています。〇〇〇に目的地の名前を入れます。

この言葉をいわないと、空飛ぶ玄関マットのチャルシャムバは空を飛んでくれません。

ついでにいっておくと、〈テシェキュレデリム〉というのは、トルコ語で、〈どうもありがとう〉という意味みたいです。

それから、うちには、ふしぎなコウモリがいます。どうふしぎかというと、目には見えないのです。

いるというからには、傘《かさ》ではなく、動物のコウモリです。傘なら、います、ではなく、あります、です。

と、そのようなことで、お話をはじめたいと思います。

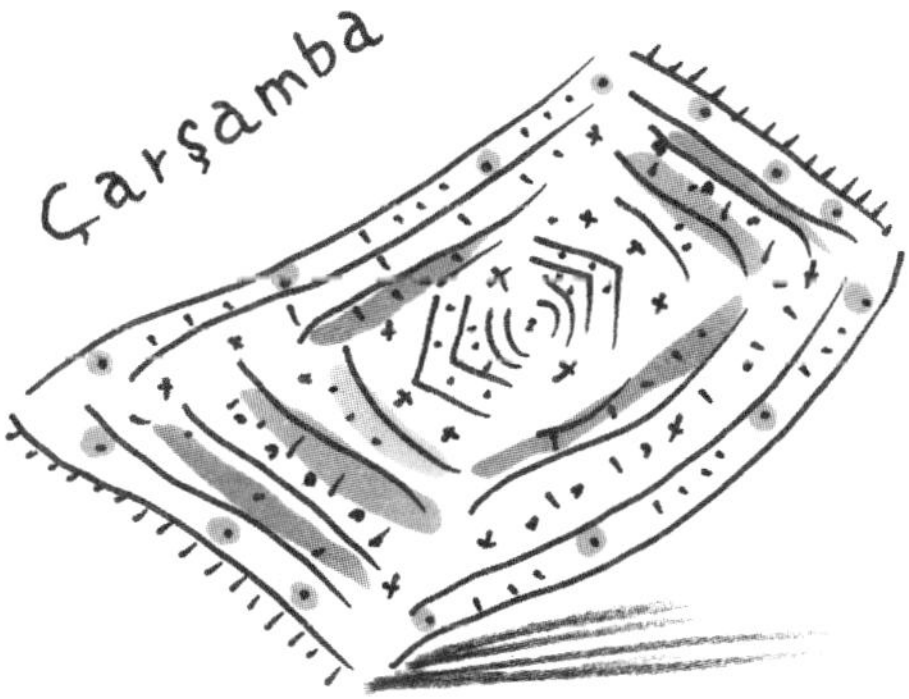

ふしぎな空中庭《てい》園《えん》とふしぎなギリシャ人

カオスではなくカーサに住む人と牛に会ったこと

たとえば京都《きょうと》の旧家《きゅうか》の若旦那《わかだんな》が焼き物にこって、いろいろ買いあつめているうちに、その世界にどっぷりとはまり、ついには焼き物を商《あきな》う骨董品屋《こっとうひんや》になってしまった……、などということがよくあるかどうかは、わからないけれど、なんだか、そういうことって、いかにもありそうです。

この場合、べつに京都でなくても、千葉県習志野市《ちばけんならしのし》でも、愛知県蒲郡市《あいちけんがまごおりし》でもいいのですけど、やはり焼き物にはまるとなると、習志野市や蒲郡市の若旦那より、京都の若旦那のほうが、なんとなくほんとうっぽいような気がします。

ただの印象でいうと、習志野市の若旦那だと、スカイダイビングに夢中になっているようで、蒲郡市の若旦那だと、太平洋のクルージングじゃないでしょうか。

場所はともかく、そのような、なにかにはまって、そこから出られなくなっている状《じょう》態《たい》を〈病膏肓《やまいこうこう》に入《い》る〉というようです。これは病気がひどくなっているという意味で、そういう意味では、わたしは〈病膏肓に入る〉状態になっているのかもしれませんが、じつをいうと、自分ではあまりそういう実感はありません。

たぶん、京都《きょうと》の若旦那《わかだんな》だって、ちょっと道楽がすぎるかなというくらいには感じていても、〈病膏肓〉とまでは思ってないのではないでしょうか。

わたしはアッバス・アルカン氏から手に入れたいくつかのものと、そのものたちが作っている環境《かんきょう》にはまっているのです。でも、それはわたしが自分からすすんではまったというより、知らないうちに、はまってしまった、あるいは、はまることになってしまったというふうなのです。

それはともかく、わたしは、アッバス・アルカン氏から受けもち区域《くいき》の一部を受けつぎ、カオスの管理エージェントになったわけですが、ひとりでカオスさがしをはじめて、どれくらいたったでしょうか。それは、六回目か七回目のカオスさがしのときでした。

それまで、カオスを見つけることができなかったのは、きっと探索《たんさく》時間が短いせいだと思い、その日はいつもより長くカオスをさがすことにしました。それで、とちゅうで飲むように、わたしは魔法瓶《まほうびん》に熱いコーヒーを入れて、それを右肩《みぎかた》からななめにかけました。カオス補修用《ほしゅうよう》のニュルニュル入りの注射器《ちゅうしゃき》と手袋《てぶくろ》の入ったバッグは左肩からななめにかけてありましたから、そうなると、背中《せなか》と胸《むね》で二本の紐《ひも》が十字に交差し、なんとなく探検《たんけん》隊《たい》気分がもりあがりました。

むろん、カオスはどこにあるかわかりません。うちのすぐ近所にないともかぎらないので、わたしは空飛ぶ玄関《げんかん》マットのチャルシャムバに乗ると、まず、

「テシェキュレデリム！　さあ、チャルシャムバ。カオスをさがしにいこう！」

といってからすぐに、ゴーグルをかぶりました。ゴーグルをつけていないと、せっかくカオスに近づいても、見えないので、気づかずに通りすぎてしまうからです。

そのようにして、晴れた空の下、わたしはうちのマンションの五階から、北の空にむかって飛びたちました。

どうして、東西南北のうち北にむかったかというと、その前の探索《たんさく》のときは南にむかい、太陽の光がまぶしくてしかたがなかったからです。

北にむかって十分ほどたったとき、わたしは右前方三十度くらいのところに、きらきら光るものを発見しました。

ひょっとしたら、カオスかもしれないと思ったわたしは、チャルシャムバに声をかけました。

「テシェキュレデリム！　チャルシャムバ。右前方三十度に、カオスらしいものがある。あそこにいってみよう！」

チャルシャムバがそちらに方向をかえ、スピードをあげました。

近づいてみると、きらきら光るものは、ひらがなの〈く〉の字をふたつかさねたような形はしていませんでした。縦《たて》二メートル、横一メートルくらいの長方形でした。

わたしはチャルシャムバにいいました。

「テシェキュレデリム！　チャルシャムバ。この四角いもののまわりをぐるりとまわってみよう！」

カオスというものは、どこから見ても同じ形をしているのが特徴《とくちょう》です。まわりをぐるりとまわると、こちらにあわせて、カオスもまわっているかのように、同じ面しか見えないのです。つまり、カオスというのは、見たところ、二次元的存在《にじげんてきそんざい》なのです。

そういう意味では、目の前の銀色の長方形は立体ではなく、カオスの特徴《とくちょう》をそなえています。でも、形がちがいます。

わたしはゴーグルをひたいにあげてみました。すると、銀色の長方形は見えなくなりました。

これで、カオスの持っている特徴がもうひとつそろいました。銀色の長方形はカオスと同じで、ゴーグルをはずすと見えなくなるのです。

わたしは、

「テシェキュレデリム！　さあ、チャルシャムバ。この銀色のものに、もっと近づいてみよう。」

といって、チャルシャムバを銀色の長方形の近くによせ、どこか傷《きず》ついているようなところがないか、しらべてみました。

そういうところはないようでした。

もし、それがカオスだとしても、補修《ほしゅう》すべきところがない場合もあるのですから、傷がないからといって、カオスでないとはかぎりません。

しかし、なんといっても、形がカオスではないのです。

わたしは手袋《てぶくろ》をはめて、そっと、へりをさわってみました。

べとつきません。カオスなら、手袋でさわっても、べとつき感があるのです。

もし、それがカオスで、中からなにかが出てくるとすれば、そのとき、うにうにと縦《たて》にのびたり、横にひろがったりするのですが、そんなようすもありません。

「テシェキュレデリム！　チャルシャムバ。五メートルほどはなれてみよう。ちょっと、ようすを見ることにしよう！」

わたしがそういうと、チャルシャムバがバックし、銀色の長方形から五メートルほどはなれました。

わたしはその位置でしばらく待ちました。

べつになにも起こりません。

わたしはまず手袋をはずし、それをバッグにしまいました。それから、魔法瓶《まほうびん》のふた兼《けん》コップをはずして、そこにコーヒーを入れました。

そのとき、わたしは左手に魔法瓶《まほうびん》、右手にコーヒーの入ったふた兼《けん》コップを持っていたわけですが、とつぜん、銀色のものが、左右に、観音開《かんのんびら》きに開いたのです。

「テシェキュレデリム！　さあ、チャルシャムバ。うしろに十メートルほどさがろう！」

とわたしはいいませんでしたが、チャルシャムバは自分でそのようにしました。

銀色の長方形が観音開きに開いたところをのぞくと、中は暗闇《くらやみ》でした。

なにかが出てきそうです。

わたしは待ちました。

すると、長方形の暗闇の右下から、なにか棒《ぼう》のようなものが出てきました。長方形の縦《たて》の半分くらいの長さです。一メートルくらいでしょうか。

その一メートルくらいの棒が、縦のまま空中に出てくると、すぐそのうしろから、もう一本、同じような棒が出てきました。そして、そのうしろからまた、同じような棒が……、というふうに、棒が何本もつづけて出てきます。そして、こちらにむかってくるので、わたしは今度は、

「テシェキュレデリム！　チャルシャムバ。ちょっとうしろにさがってみよう。このまま

だと、あの棒《ぼう》がぶつかってくるかもしれない。」

といいました。

チャルシャムバはすぐに、わたしのいったとおりにしましたが、どうやらその必要はないようでした。

先頭の棒が、こちらから見て、左に弧《こ》をえがいてまがりました。すると、次の棒も同じように、そして、三本目の棒も、というふうに、ならんで左にまがっていきます。

そのときになって、わたしは気づきました。ならんだ棒は一本一本の棒ではなく、上とまんなかあたりの二か所、横板のようなものでつながっている柵《さく》だったのです。

ですから、出てきたのは棒というよりは杭《くい》でした。杭はたいてい先が地面に打ちこまれていますが、なにしろそこは空中なので、そういうことはありませんでしたが。

柵の先頭の杭は長方形の暗闇《くらやみ》の左はしまでいくと、そこで止まりました。

もし、そこにあるのがカオスであり、柵がすべて出きってしまえば、規則《きそく》により、その柵はわたしのものになります。

でも、柵が長方形の暗闇から出きってしまっているかどうか、よくわからないし、なに

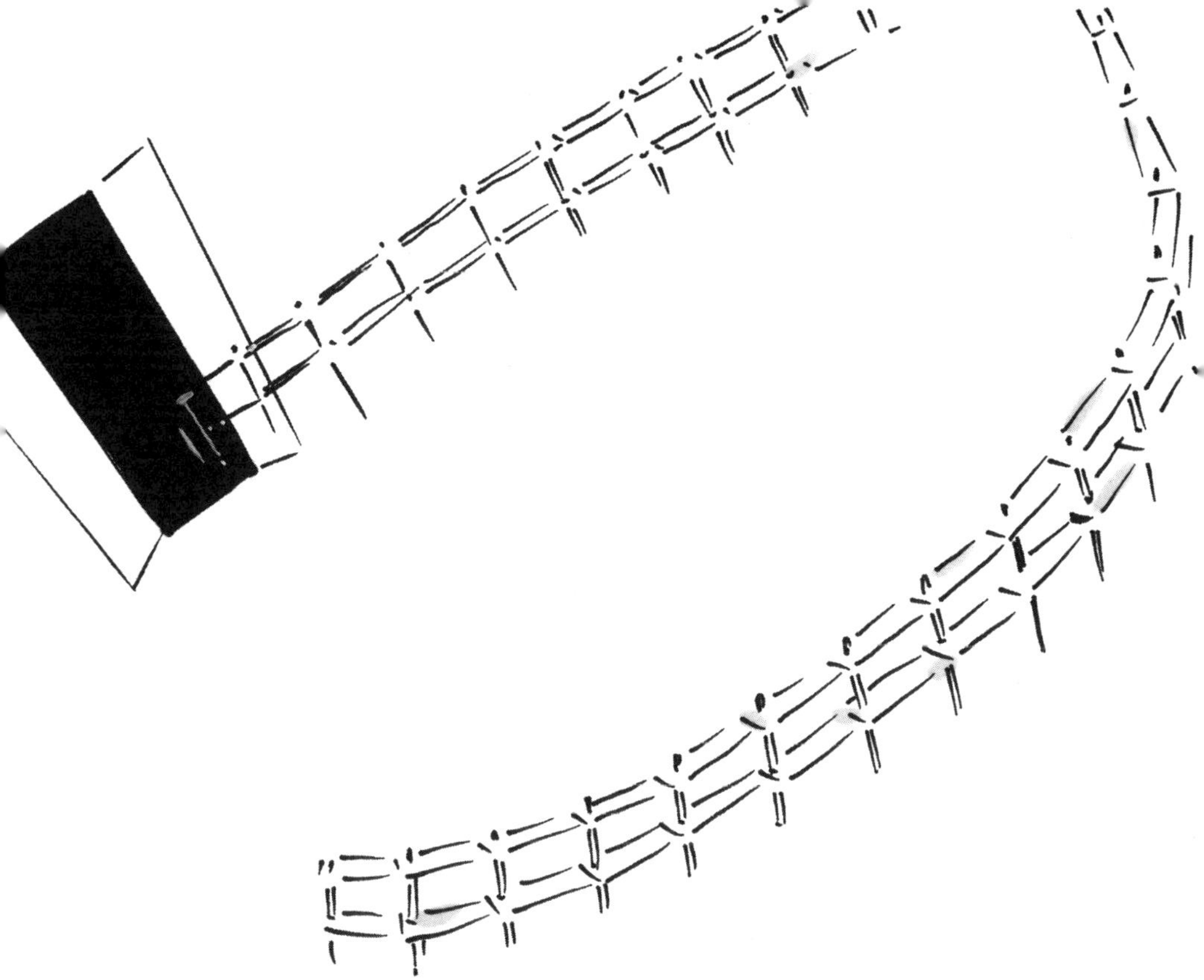

よりそれがカオスかどうかもわかりません。

「テシェキュレデリム！　さあ、チャルシャムバ。あの柵《さく》みたいなものに、近づいてみよう！」

わたしがそういうと、チャルシャムバが柵から一メートルほどのところに近づきました。

わたしはさらにいいました。

「テシェキュレデリム！　さあ、チャルシャムバ。もうちょっと、近づいてみよう。」

チャルシャムバはもっと柵に近づきました。手をのばさなくても、柵にさ

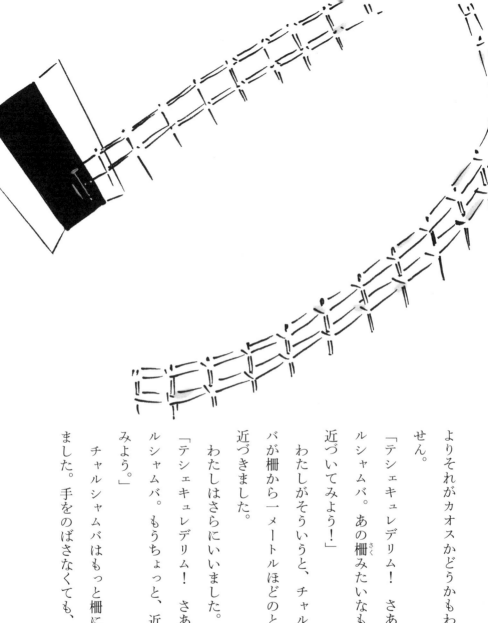

われるくらいの近さでした。

柵《さく》の横板は長い一枚板ではなく、一本一本の杭《くい》のあいだに、それぞれ一枚ずつわたしてあって、杭がどちらの方向にもまがって進めるようになっていました。

わたしはまだ左手に魔法瓶《まほうびん》、右手にふた兼《けん》コップを持ったままだったことに気づき、まだコップに残っているコーヒーを飲んでしまい、ひとまず魔法瓶にふたをしようとしたとき、もっと、こまかくいうと、わたしが右手のコップを口に持っていきかけたとき、長方形の暗闇《くらやみ》のまんなかあたりから、なにかがにゅっと顔を出しました。

まさにそれは顔でした。

なんと、それは牛の顔だったのです。

牛の顔につづき、牛の体も出てきました。

こうなると、もう、牛が出てきたということになります。

白と黒のまだら牛です。

でも、それではおさまりませんでした。牛のうしろから、いや、これはしゃれではありません。牛のうしろから、人が出てきたのです。

その人は、頭になにかのせて、首から足首まであるぞろりとした長くて白いものを着ていました。ようするに、昔のギリシャ人のようないでたちでした。白いあごひげをはやしているところを見ると、男です。あまり若《わか》くはないようでした。

頭にのせているのは月桂樹《げっけいじゅ》の枝《えだ》でできた冠《かんむり》、つまり月桂冠《げっけいかん》のようです。

暗闇《くらやみ》から出てきた牛は、まるで草をはんでいるように、足元の空中に口をつけるようなかっこうをし、もぐもぐと動かしはじめました。

ギリシャ人のような男はすぐにわたしに気づいたようで、ゆっくりとこちらに歩いてきて、柵《さく》のむこうで立ち止まりました。そして、

「ヤサス。」

といいました。

ヤサスとはなにか？

わたしにはまるでわかりません。それで、どう返事をしようかと思っていると、男は、

「ミラーテ・エリニカ？」

ときました。

語尾《ごび》があがっているところをみると、いや、聞くと、どうやら疑問文《ぎもんぶん》のようですが、意味はまるでわかりません。

しかたなくわたしがだまっていると、男は柵の手すりに両手をかけて、顔を出し、下をのぞきました。そして、うんうんと二、三度うなずき、わたしを見て、日本語でいいました。

「ここは東京《とうきょう》上空ですね。となると、たぶんあなたは日本人でしょう。うちの庭の真下

を流れているのは、多摩川《たまがわ》ですね。」

どうやら、柵《さく》でかこまれたところは庭のようです。

つまりそれは、空中庭園《ていえん》ということになるでしょう。よく、高層《こうそう》ビルの屋上に庭を造《つく》って、空中庭園なんて呼《よ》んでいる人がいますが、あれなんか、さしずめいんちき空中庭園で、今、男が立っている場所こそ、正真正銘《しょうしんしょうめい》の空中庭園です。

「おっしゃるとおり、わたしは日本人です。そして、下に見える川は多摩川《たまがわ》です。」

わたしが答えると、男は、

「よろしい。」

といって、うなずきました。それから、男はわたしの手を見て、大きな鼻をひくひくさせてから、

「それはコーヒーですか？」

とたずねました。

わたしは右手のコップを見て、答えました。

「そうですけど。」

「では、それをひと口、わたしにごちそうしてくれませんかね。」

「いいですけど。」

といって、わたしがコーヒーをひと口で飲んでしまい、ひとまず魔法瓶《まほうびん》をチャルシャムバの上に置き、ポケットからハンカチを出して、コップのふちをふいてから、そのコップにコーヒーをそそぎました。そして、それをその男にさしだすと、男はそれを受けとりました。ですが、すぐには飲まず、ふしぎそうに首をかしげて、湯気の立つコーヒーを見つめていました。

そこで、わたしが、

「どうぞ。」

というと、男はコップを口に持っていき、コーヒーをひとすすりして、

「なんと、これは温かいではありませんか!」

といって、わたしの顔を見たのです。

いれたてのコーヒーを魔法瓶に入れてきて、まだ一時間もたっていないのですから、温かいにきまっています。

それで、わたしが、

「魔法瓶《まほうびん》に入れてきましたからね。」

というと、男は驚《おどろ》きの声をあげました。

「な、な、なんと！　あなたは魔法使いでしたか？」

たしかに、空飛ぶ玄関《げんかん》マットに乗っているので、わたしを魔法使いとまちがえたとしても、無理はありません。ですが、空中の銀色のドアみたいなものから牛と出てきた男だって、人のことを魔法使い呼《よ》ばわりするほど、まともではないでしょう。

わたしは、

「わたしは魔法使いではありません。」

と答えました。

するとと、男はいいました。

「でも、あなた。今、魔法人《まほうじん》といったではありませんか。」

「魔法じん？　魔法じんって、なんです？」

とたずねかけた瞬間《しゅんかん》、わたしは、〈魔法瓶〉といったのを〈魔法人〉に聞きちがえられた

のだと気づき、

「魔法人《まほうじん》ではありません。コーヒーを入れてきたものが魔法瓶《びん》だといったのです。ですから、コーヒーが温かいのはあたりまえなのです。」

といいました。

男は大きくうなずきました。そして、いかにも納得《なっとく》したようにいいました。

「なるほど、よくわかりました。あなたは魔法使いではないけれど、魔法の瓶を持っていて、そこには温かいコーヒーが入っているということですね。」

「だいたいはそういうことですが、コーヒーが入っているのは魔法の瓶ではなく、魔法瓶です。」

わたしの言葉に、男は今度は首をかしげました。

「それ、どういうことです。魔法の瓶ではなくて、魔法瓶ですって？　では、あなた、たとえば赤いバラは赤バラではないことになりますね。それって、へんでしょう。」

「そんなことをいうなら、ウミネコだって、海の猫《ねこ》じゃないでしょうが！」

とかいいかえそうかと思いましたが、外国人あいてに、そんなことをいっても、話がややこ

しくなるばかりなので、わたしはそうはいわず、

「魔法瓶《まほうびん》というのは、特殊《とくしゅ》な仕掛《しか》けで、しばらくのあいだ、中の液体《えきたい》が温かければ温かいまま、冷たければ冷たいままにしておく水筒《すいとう》のようなものです。」

といいました。

「中の液体が温かければ温かいまま、冷たければ冷たいままって、どれくらいのあいだですか？」

「ためしたことはありませんが、半日くらいでしょうか。」

「半日くらい？　くらいとはなんです、くらいとは！　あなた、そんなふしぎな瓶を持っていて、それにどれくらいの力があるか、試《ため》したことがないのですか。」

「だって、たいていは二、三時間しか、使いませんから。」

「そうですか……。」

といって、男は手にしていたコップから、いっきにコーヒーを飲みほしました。それから、そのコップを持ったまま、わたしが肩《かた》からかけている魔法瓶《まほうびん》をじっと見つめました。そして、しばらくして、こういったのです。

「それがその魔法の瓶ですね。どうやら、このコップがふたになっているように思えるのですが。」

わたしは魔法瓶をちらりと見て、答えました。

「そうです。」

すると、男は小さくうなずいて、いいました。

「どうですかね。ひとつ、申し出があるのです。その魔法の瓶ですが、ここにいる牛と交《こう》換《かん》してもらえませんか。」

「えーっ！　その牛とですって？」

びっくりしたわたしがつい大声をあげてしまうと、男は、

「いえ、一頭とはいいません。まだ、何頭もいます。どれも、とびきりの乳牛《にゅうぎゅう》ですよ。では、五頭ではどうです？」

といったのです。

一頭の牛だって、うちでは飼《か》えません。まして、五頭だなんて、とんでもない。それに、その魔法瓶《まほうびん》は、スーパーの特売で八百円で買ったものなのです。

わたしはいいました。

「牛はいりません。魔法瓶でしたら、お近づきのしるしに、さしあげます。」

「な、な、な、なんと！」

男は驚《おどろ》いてそういってから、疑《うたが》わしそうにわたしを見ました。そして、

「そんなことといって、あなた、手を上にあげて、『ほら、さしあげた！』なんていって、わたしをからかおうとしているのではないでしょうね。」

といいました。

「そんなこと、ありませんよ。」

わたしはそういうと、まず、バッグをはずして、チャルシャムバの上に置き、それから魔法瓶《まほうびん》をはずして、男にさしだしました。

男は魔法瓶を受けとると、

「ほ、ほんとうに、いただけるのですか？」

といって、中をのぞき、

「でも、コーヒー、まだ、残ってますよ。」

といいました。

「それもさしあげます。」

わたしはそういってから、いちおうたしかめてみました。

「ところで、あなたが出てきたところですが、カオスじゃありませんよね。」

男は魔法瓶のふたをしめると、ほそいベルトを肩《かた》からかけてから、答えました。

「いいえ、カオスではありません。カーサです。」

「カーサって？　傘《かさ》ですか？　どうして、あれが傘なのですか。」

そういって、わたしが長方形の暗闇《くらやみ》を指さすと、男はちらりとそちらを見てから、ふた

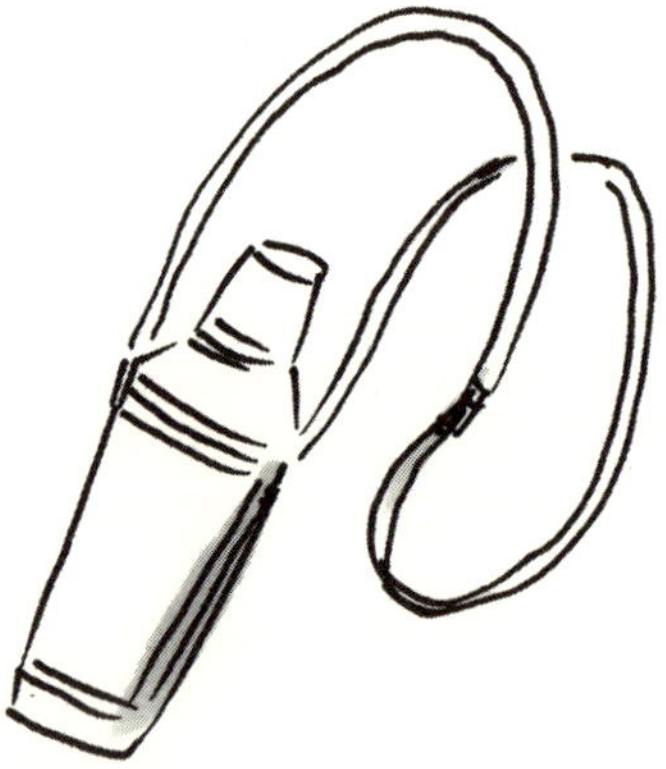

たびこちらをむいて、いいました。

「傘《かさ》ですって？　ああ、あなた、ギリシャ語だけではなく、スペイン語もわからないのですね。つまり、英語でいうハウスです。うちですよ、わたしの。マイ・ハウス。ドイツ語なら、マイン・ハウス！　ついでにいうと、今わたしが立っているわたしの庭は、英語ではマイ・ガーデンで、ドイツ語ですと、マイン・ガルテンです。」

男はそこで、きゅうに話をかえ、

「この魔法《まほう》の瓶《びん》ですが、村に帰ったら、すぐ、みなに見せびらかしたいので、きょうのところはこれで失礼してよろしいでしょうか。」

といいました。

「はい。でも、あなたは……。」

いったい何者なのかとたずねようとしたところ、男はわたしに、

「わたしの名はディミトゥリウス・イリアディスです。しがない農民ですよ。この次、お目にかかるときには、この魔法瓶にふさわしい贈《おく》り物を用意してきます。きょうのところは、これを記念にとっておいてください。」

といい、頭にのせていた月桂冠《げっけいかん》をわたしにさしだしました。

それは、月桂樹《げっけいじゅ》の枝《えだ》であんだ冠《かんむり》でした。べつに金や銀でできているわけではなく、植物の月桂樹の枝でできた冠です。

わたしがゴーグルをつけたまま、月桂冠を頭にのせると、ディミトゥリウス・イリアディスと名のった男は、

「これで失礼いたします。サース、エフカリストー！」

といい、つれていた牛に声をかけました。

なんといったのかわかりませんが、

「うちに帰ろう！」

とかなんとかいったのでしょう。

〈サース、エフカリストー〉は〈さようなら〉にちがいありません。

ディミトゥリウス・イリアディスと名のった、どうやらギリシャ人らしい男は、こちらに背《せ》をむけ、それから長方形の暗闇《くらやみ》の中に帰っていってしまい、柵《さく》もするするともとにもどっていき、観音開《かんのんびら》きのドアが閉《し》まりました。

わたしはそのあと、十分ほど、銀色の長方形、ディミトゥリウス・イリアディスと名のった男の家のドアの前にいましたが、だんだん銀色が白っぽくなり、ついには消えてしまいました。

そんなわけで、その日もわたしはカオスにめぐりあえず、むなしくうちに帰ってきました。帰ってきてから、しらべてみると、ディミトゥリウス・イリアディスと名のった男がいった〈ヤサス〉というのはギリシャ語で、〈こんにちは〉、そして、〈ミラーテ・エリニカ？〉は〈ギリシャ語を話しますか？〉のようでした。

それから、ディミトゥリウス・イリアディスと名のった男からもらった月桂冠《げっけいかん》ですが、うちに帰ったら、プラチナにかわっていたなどということはありませんでした。枝《えだ》は月桂《げっけい》樹《じゅ》の枝で、葉は月桂樹の葉のままです。

まあ、ふしぎなことがあるとすれば、今でもその月桂冠の葉は緑のままで、まるで枯《か》れていないことくらいでしょうか。

七層《そう》の仏《ぶっ》塔《とう》とふしぎな箱庭

カオスは見つからず、きみょうなあずかりものをしてしまうこと

ふしぎなものというのは、なれてくると、ぜんぜんふしぎではなくなるものです。

わたしのところには、ふしぎな電気雲がいますが、この雲はなにしろ電気雲ですから、発電をします。

わたしのうちでは、この雲がブレーカーにはりついているかぎり、電気料金は基本料金のみです。この電気雲だって、はじめは、すごいと思いました。けれども、雲といっても、わたあめくらいの小さな雲ですし、なれてしまえば、べつにふしぎでもなんでもありません。うちの電気の使用量のあまりの少なさに、ふしぎがっているのは、電力会社の検針員《けんしんいん》だけです。

わたしは今、

〈わたしのところには、ふしぎな電気雲があります。〉

とはいわず、

〈ふしぎな電気雲がいます。〉

といい、擬人化《ぎじんか》したような表現をしましたが、この電気雲には、ペルシェンベという名前があります。ペルシェンベはわたしの家族同然というか、家族そのものですから、〈ある〉といわず、〈いる〉といったのです。

ついでにいっておくと、アッバス・アルカン氏によると、空飛ぶ玄関《げんかん》マットのチャルシャムバと電気雲のペルシェンベはいとこどうしだそうです。

さて、わたしはカオスの管理《かんり》エージェントをしているわけですが、アッバス・アルカン氏にともなわれた実習のおりに、ピンクのカオスとめぐりあって以来、まったくカオスには出会いませんでした。むろん、ときどき、チャルシャムバに乗って、あちこち飛びまわり、カオスをさがしていたのですが、見つからなかったのです。

この次に、アッバス・アルカン氏がうちにやってくるまでに、ひとつくらいは見つけ、そのカオスから出てきたものを見せびらかしたかったのですが、それまでに空中で遭遇《そうぐう》したものといえば、ふしぎなギリシャ人、ディミトゥリウス・イリアディス氏くらいでした。

わたしはこのディミトゥリウス・イリアディス氏からふしぎな月桂冠《げっけいかん》をもらいました。

この月桂冠のどこがふしぎかというと、月桂樹《げっけいじゅ》の枝《えだ》と葉でできているのに、まったく枯《か》れないのです。それだけではありません。もらったときには気づきませんでしたが、この月桂冠は頭にのせると、はずそうと思わないかぎり、どんなに頭をふっても、けっして落ちないのです。

それからもうひとつ、この月桂冠はいつもは小さなテーブルの上に置いてあるのですが、気づかないうちに、よくわたしの頭にのっているのです。べつにのっているだけで、悪さはしませんし、さして気にもなりませんので、わたしは一日中、知らずに、月桂冠《げっけいかん》を頭にのせていることがあります。

そんなある日曜日の朝のこと、わたしは靴《くつ》を片手《かたて》にベランダに出て、部屋の中にむかい、

「テシェキュレデリム！　さあ、チャルシャムバ。カオスをさがしにいこう！」

と声をかけました。

チャルシャムバがリビングルームから出てきて、わたしのひざの高さで止まりました。

わたしはチャルシャムバに乗り、あぐらをかいてから、うしろに靴を置きました。

「テシェキュレデリム！　さあ、チャルシャムバ。北のほうにいってみよう。」

わたしがそういうと、チャルシャムバはマンションのベランダからゆっくりと飛びたち、空に舞《ま》いあがりました。

チャルシャムバに乗っているかぎり、空気の温度は地上と同じで、顔に風があたることもありません。旋回《せんかい》するときにかたむいても、乗っている者が下に落ちることはありません。

空は晴れて、雲ひとつありませんでした。いえ、それは厳密《げんみつ》にはまちがいで、雲はひとつだけありました。なぜなら、電気雲のペルシェンベがうしろからついてきていたからで

す。そうでない日もありますが、チャルシャムバに乗って出かけると、たいてい、ペルシェンベがついてきます。

わたしはカオス用のゴーグルを着用し、あちこちながめながら、ゆっくりと飛びましたが、カオスを見つけることはできませんでした。

お昼近くまでさがして、いったんうちに帰ろうと、

「テシェキュレデリム！　さあ、チャルシャムバ。いったんうちに……。」

といいかけたところで、前方に小さな雲が見えました。どうやら、それはこちらにむかって飛んでくるようで、だんだん大きくなっています。

そこで、わたしは、

「テシェキュレデリム！　ちょっと待ってくれ、チャルシャムバ。前から雲がくるみたいだ。」

といいましたが、そういいおわらないうちに、うしろにいたペルシェンベがさっとわたしの前に出たかと思うと、チャルシャムバから十メートルほどはなれた左前方やや高い位置で止まりました。

ジジジジ……。

高圧《こうあつ》電流のうなり声をあげて、ペルシェンベの中で小さな稲妻《いなずま》が走っているのがわかりました。なんだか、クリスマスの飾《かざ》りのようです。

そのあいだにも、雲はどんどん近づいてきます。

やがて、その雲になにか、というかだれかが乗っているのがわかりました。人の形をして、なにやら長いものを持っています。

その雲は電気雲のペルシェンベの近くまできて、止まりました。

昔の中国の兜《かぶと》のようなものをかぶり、鎧《よろい》を着ている男が乗っています。

手に持っている長いものは槍《やり》で、先が三つ又《また》にわかれています。

ペルシェンベから聞こえるうなり声が大きくなり、いくつもの稲妻が雲から一メートルほど出ています。

そのペルシェンベを横目でちらりと見てから、男はわたしにいいました。

「何者だ。」

いきなりやってきて、

「何者だ。」

とは、いくらなんでも失礼だと思い、わたしはむっとしましたが、それでも、

「わたしはカオスの管理《かんり》エージェントだ。」

と答えました。

「カオスの管理エージェントだと？」

男はそうつぶやいて、なにか考えているようでしたが、すぐに、

「あらてのブッテキか？」

といって、三つ又《また》の槍《やり》を小脇《こわき》にかかえました。

〈あらて〉というのは〈新手〉のことだろうとわかりましたが、〈ブッテキ〉というのがなんなのか、わかりません。

だいたい自分から名のりもせず、ただ手に持っていただけだった槍を小脇にかかえるなどして、半分戦闘態勢《せんとうたいせい》に入っているようなかっこうをするなんて、失礼にもほどがあります。もののいいようも高飛車《たかびしゃ》です。

わたしはいいました。

「そのブッテキというのはなんです？　それに、あなたはいったいだれです？」

「わたしか……。」

と男はいって、左手を前にさしだしました。そして、

「これを見れば、わたしがだれであるか、わかるだろう。」

といかにも偉《えら》そうに、そういったのです。

男のてのひらには、五重《ごじゅう》の塔《とう》のおもちゃのようなものがのっていました。

「それ、法隆寺《ほうりゅうじ》の五重の塔のプラモデルかなんかですか？」

わたしの言葉に、男は、

「なんだと？」

といって、目をつりあげました。そして、いいました。

「ぷらもでる、というものがいかなるものかは知らぬが、これはそのぷらもでるというものではない。また、法隆寺のものでもない。これはブットウである。しかも、五重というか五層《そう》ではなく、七層である。」

そのせりふで、〈ブットウ〉が〈仏塔《ぶっとう》〉だということはわかりました。五重の塔に似《に》ていることからも見当がつきます。〈ブットウ〉が〈仏塔〉だということになると、〈ブッテ

キ〉はたぶん〈仏敵《ぶってき》〉でしょう。

となると、やっかいなことになりそうです。

まず、こちらに敵意《てきい》がないことをしめすために、わたしはいいました。

「ブッテキというのが仏教《ぶっきょう》の敵ということなら、わたしはちがいます。だからといって、仏教の味方というわけではありません。」

「敵でも味方でもないだと？　ううむ……。」

とうなってから、男はつぶやきました。

「そういうのが、いちばんやっかいなのだ。」

たしかにそれはそうかもしれない、とわたしは思いました。

でも、そんなことを納得《なっとく》しているときではないので、わたしはそれにはふれずに、たずねました。

「それで、あなたはいったいだれなのです。」

わたしの再度の問いに、男は、

「わたしの持ち物を見て、わたしがだれだかわからないとは、教養のないやつだな。ろくろく教育も受けていないのだろう。だが、おまえがまともな教育を受けていないのは、おまえのせいではないだろう。」

とまたまた失礼なことをいってから、

「わたしは毘沙門天《びしゃもんてん》だ！」

といいはなったのです。

毘沙門天なら、名前くらいはわかります。というか、名前しか知りません。

わたしは、どうもわからないなあ……という表情《ひょうじょう》をしたのでしょう。

毘沙門天はわたしの心を見ぬいたようで、

「別名、多聞天《たもんてん》だ。四天王《してんのう》のひとりだ。」

といったのですが、わたしはますますわけがわからなくなりました。なぜ、毘沙門天が多聞天なのか、よくわかりません。

それをまた見ぬいたのか、毘沙門天はいらいらしたような声で、さらにいいました。

「またの名は托塔李天王《たくとうりてんのう》だ！」

「はあ、そうですか……。」

としか、わたしには答えようがありませんでした。

「はあ、そうですかって、おまえ……。」

と毘沙門天《びしゃもんてん》はあきれたような顔をしました。

ともあれわたしは、どうやら毘沙門天にはいくつも名前があるということだけはわかりました。

そこでわたしはきいてみました。

「つまり、あなたは毘沙門天さんで、四天王《してんのう》のひとりで、どれが本名かわかりませんが、ペンネームだか、源氏名《げんじな》だか、あとふたつ、名前があるということですね。」

歌舞伎役者《かぶきやくしゃ》だって、たとえば中村吉右衛門《なかむらきちえもん》という名のほかに、播磨屋《はりまや》という屋号《やごう》があるし、もちろん本名だってあるのですから、四天王ともなれば、名前の三つくらい持っていても、ふしぎではないのかもしれません。

毘沙門天は、

「そうだ。」

とうなずいてから、わたしの頭をじっと見つめました。そして、

「おまえが頭につけているのは、どうやらキンコではないようだな。」

と、またわけのわからないことをいったのです。

わたしは頭に手をやりました。いつのまにか、月桂冠《げっけいかん》がのっています。

「キンコとはなんです？　これは月桂冠です。」

「たしかにそのようだ。よく見れば、乗り物も觔斗雲《きんとうん》ではなく、おかしな敷物《しきもの》だ。」

毘沙門天《びしゃもんてん》がそういったので、わたしは〈キンコ〉が〈緊箍《きんこ》〉だとわかりました。

「もしかすると、あなたはわたしを孫悟空《そんごくう》とまちがえたのですか？」

ためしにきいてみると、毘沙門天は槍《やり》を小脇《こわき》にかかえたまま、右手の人差し指を立てて、それを口にあてました。

「しっ！　そんなに大きな声でいうな。孫悟……、いや、斉天大聖様《せいてんたいせいさま》、いや、トウセンショウブツ様を呼《よ》びすてになどしてはいかん。それに、おまえは美男《びなん》とはいいがたいが、猿《さる》でないことはわかる。しかし、トウセンショウブツ様はなんにでも化けるからな。」

毘沙門天はそういってから、

「とにかく、おまえがトウセンショウブツ様でないことがわかれば、それでいい。」

といって、なぜかほっとしたような顔をしました。

なぜ、わたしが孫悟空《そんごくう》でないことがわかって、毘沙門天《びしゃもんてん》が安心するのか、そのあたりの事情《じじょう》もわかりませんが、孫悟空にはトウセンショウブツという別名があるらしいということはわかりました。

「そういうことなら、わたしはこれで帰るから、おまえも帰っていいぞ。」

またもや横柄《おうへい》な口調で毘沙門天がそういったとき、毘沙門天のはるか後方に、小さな雲がひとつ見え、それがどんどん大きくなっているのがわたしの目に入りました。

「どなたか、いらっしゃるようですよ。」

わたしはそういって、その雲のほうを指さしました。

「えっ？」

とあわてて毘沙門天はふりむきましたが、雲を見ると、

「あれはわたしの部下だ。」

といいました。

雲はあっというまにわたしたちのそばにやってきました。

男がひとり乗っていました。毘沙門天《びしゃもんてん》が身につけているものよりは簡素《かんそ》に見えますが、昔の中国の鎧《よろい》を着て、兜《かぶと》をかぶっています。

毘沙門天の部下は毘沙門天のそばにくると、わたしに軽く会釈《えしゃく》をしてから、毘沙門天になにやら耳打ちをしました。すると、毘沙門天は、

「なんだと？」

とうなるような声をあげ、

「ちっ！」

と小さく舌打《したう》ちしました。

「さっき見かけたという知らせがあったから、こうやって見まわりにまいったら、やはり、北天門《ほくてんもん》にきたか。わかった。すぐにもどるから、おまえはさきに帰っていろ。いいか、わ

かっていると思うが、けっして、トウセンショウブツ様と呼《よ》ばず、斉天大聖様《せいてんたいせいさま》と呼ぶのだぞ。」

毘沙門天《びしゃもんてん》が部下にそういうと、部下はすぐにとってかえして、もときたほうにもどっていきました。

毘沙門天はため息をひとつついてから、わたしにいいました。

「おまえにいっても、事情《じじょう》はわかるまいが、斉天大聖様は釈迦如来様《しゃかにょらいさま》からいただいたトウセンショウブツというお名前がお気にめさぬようなのだ。それから、トウセンショウブツ様は、天界《てんかい》にご用があるときは、たいてい、西天門《さいてんもん》の広目天王《こうもくてんのう》のところにいらっしゃるのだが、ときどき、気まぐれを起こされるのか、ほかの門にいらっしゃることがある。おまえは知らないだろうが、北天門《ほくてんもん》はわたしの管轄《かんかつ》だ。だから、すぐにもどらねばならない。」

といい、そのあと、

「さらばだ！」

といって、北にむかって飛んでいったのですが、すぐにまた引きかえしてきて、わたしにいいました。

「そうだ。おまえにあずかってほしいものがある。これだ。」

毘沙門天《びしゃもんてん》は左手をわたしのほうにさしだしましたが、そこにはまだ小さな仏塔《ぶっとう》がのっていました。

「その仏塔ですか？」

「そうだ。この仏塔、すなわちこの宝塔《ほうとう》だ。」

「それ、宝塔というからには、宝物の塔なんでしょう？　わたしなんかに、あずけてしまっていいのですか？」

「わたしなんかになどと、謙遜《けんそん》しているが、おまえだって、そのような敷物《しきもの》に乗って空を飛び、しかも、護衛《ごえい》に、觔斗雲《きんとうん》の親戚《しんせき》のような、みょうな小さい雲をつれているのだから、いずれの家中《かちゅう》の者かはわからぬが、無知ではあるにせよ、相応の身分の者だろう。それならば、仏塔をあずけても安心だ。ねこばばなどはしないだろう。また、万一、ねこばばしても、わたしには、その仏塔がどこにあるか、すぐにわかるのだ。だから、ねこばばなどはできない。だから、安心しておる。いずれ、取りにいくから、それまで、あずかってくれ。今、もう少し小さくしてやる。」

毘沙門天はそういうと、てのひらの仏塔にむかって、呪文《じゅもん》のようなものをとなえました。

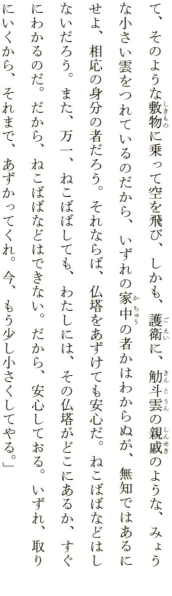

すると、どうでしょう。三十センチくらいあった仏塔《ぶっとう》が小指くらいの高さになったではないですか！

毘沙門天《びしゃもんてん》はこちらにぐっと雲をよせ、わたしの右手をつかむと、その仏塔をにぎらせました。

わたしは毘沙門天にいいました。

「どうしてもというなら、あずからないでもありませんが、だけど、どうして、わたしにあずけるのです。」

「どうも、おまえはちゃんと『西遊記《さいゆうき》』を読んでいないようだな。トウセンショウブツ様はだな、わたしが仏塔を持っていると、ばかにして、わたしを〈箱庭野郎《はこにわやろう》〉などとお呼《よ》びになるのだ。べつだん、〈箱庭野郎〉といわれても、気にはならないが、今しがたもひとりきたように、わたしには部下がいるのだ。しかも、おおぜいいる。そういう部下の前で、〈箱庭野郎〉といわれると、ちょっとな……。」

毘沙門天はそういうと、苦笑いをしました。

いかつい顔の男が苦笑いすると、みょうにかわいく見えることがあるものだなあ、とわたしは思いました。

「だったら、手で持ってないで、ふところにでも、入れておけばいいでしょう。こんなに小さくなるんだし。」

わたしの言葉に、毘沙門天《びしゃもんてん》は大きく首をふりました。

「いや、この仏塔《ぶっとう》はてのひらにのせて、おしいただいているか、さもなければ、しかるべき場所に安置し、たてまつらねばならないものだ。ありがたいものなのだ。それに、そっとかくしもっているのがトウセンショウブツ様にばれたら、また、なにかいわれるではないか。」

「ふところに入れていると、なんていわれるのですか？」

わたしの問いに、毘沙門天はちょっと考えてから答えました。

「そうだな。たぶん、『おい、箱庭野郎《はこにわやろう》。おまえのふところで、なにかピカピカ光ってるぞ。ははん、例の宝塔《ほうとう》か。おれに取られるんじゃないかと心配で、かくしているのか。そんなケチなおもちゃなんか、だれがほしがるもんか！』とか、それくらいのことはおっしゃるだろうな。」

「そうですか……。」

といって、わたしが手の中の宝塔《ほうとう》に目をやると、毘沙門天《びしゃもんてん》もわたしの手をじっと見て、ひとりごとのようにつぶやきました。

「いや。あいつもこのごろはおとなしくなってしまい、そんなことはいわんかもなあ……。」

それはわたしに聞かせようとしていったのではなく、ほんとうにひとりごとだったのでしょう。口調がかわっていました。でも、どうしてかはわかりませんが、それが残念そうに聞こえました。

「それじゃあ、たのんだぞ。」

毘沙門天はそういって、北のほうに飛んでいってしまいました。

その宝塔は金属製《きんぞくせい》なのか陶製《とうせい》なのか、よくわかりませんでしたが、そんなに重くはありませんでした。

わたしはその日はカオスさがしをやめ、うちに帰りました。

電気雲のペルシェンベは、ふだん金属棒《ぼう》を止まり木のようにしています。帰ってから、わたしは宝塔をまず、電気雲のペルシェンベ用の金属棒をさしてあるびんのとなりに置きました。でも、その宝塔があると、ペルシェンベがどうも落ちつかず、金属棒によりつかないので、宝塔《ほうとう》をダイニングテーブルにうつしました。宝塔というくらいで、宝なのでしょうから、じかにテーブルには置かず、なにかのお祝いのお返しでもらった小さなレースの敷物《しきもの》の上に、羊羹《ようかん》が入っていた木の箱を置き、そのまんなかに宝塔を置いたのです。

どうして、毘沙門天《びしゃもんてん》が孫悟空《そんごくう》に、

「おい、箱庭野郎《はこにわやろう》。おまえのふところで、なにかピカピカ光ってるぞ。」

とからかわれるといったのか、夜になって、わかりました。

暗くなると、いや、暗いところに置くと、宝塔は光るのです。明るさは、小さなLED《エルイーディー》電球くらいです。リビングルームの常夜灯《じょうやとう》として、ちょうどいい明るさです。

まあ、その点は便利でいいのですが、このぶんではのちのち困《こま》ったことになるかもしれないのです。

いいえ、その宝塔がもとの大きさにもどるとか、あるいはもっと大きくなるとか、そういうことではありません。もとの大きさになったくらいでは、なにしろ、てのひらにのるくらいだったのですから、たいしたことはありません。

宝塔それ自体は大きくなりません。問題は羊羹の木の箱です。

宝塔《ほうとう》をあずかった次の朝、すでに異変《いへん》は起こっていました。

木の箱の中の宝塔の下に、小さな苔《こけ》におおわれた築山《つきやま》ができあがっていたのです。宝塔はその築山の上に立っていました。

しばらくはそのままでしたが、十日ほどたつと、木箱の中には、ゆるやかな凹凸《おうとつ》ができ、築山がほかにもできました。その築山も苔におおわれています。それからまた何日かすると、またべつの築山ができて、築山と築山のあいだをぬうように、小川が流れているのです。どこから水が出てきて、どこに流れていくのかわかりませんが、幅《はば》一センチほどの川は、ちゃんと水が流れているのです。

それからまた何日かすると、こんどは宝塔のとなりの築山に、インド風の寺院が建てられていました。

異変はそれだけではありません。宝塔の大きさはあいかわらず小指サイズなのですが、木箱が少しずつ大きくなっていくのです。

広くなるにつれ、川には橋がかかり、今、三つめのインド風寺院ができています。

かんたんにいうと、それは非常《ひじょう》に精巧《せいこう》な箱庭で、しかも、少しずつ大きくなっており、今では、ダイニングテーブルの半分とはいかなくても、それくらいの大きさになっています。このぶんでは、いずれ、ダイニングテーブルにおさまりきらなくなるのは必定《ひつじょう》でした。

毘沙門天《びしゃもんてん》はあれきり、宝塔《ほうとう》を取りにきません。

「いったい、いつ取りにくるんだろう……。」

わたしは拡大《かくだい》する精巧《せいこう》な箱庭を見つめて、ひとりごとをいいました。

ときとして、ひとりごとというのは、なにかを思いださせたり、気づかせたりするものです。

わたしはひとりごとをいってから、はっと気づきました。

そうだ。四天王《してんのう》にも寿命《じゅみょう》があるとか、どこかで聞いたことがある。その寿命がどれくらいなの

かわからないが、四天王《してんのう》の一日というのは、人間世界の五十年とかいうのではなかっただろうか。だとすれば、半日が二十五年。わかりやすくするために、二十四年とすると、毘《び》沙門天《しゃもんてん》の一時間は、こちらの二年だ……。

そうなるとどうなるのでしょう。もし、毘沙門天としては三十分後に取りにきたつもりでも、うちには、一年間宝塔《ほうとう》が置きっぱなしということになります。

いそいで帰った毘沙門天の用事が早く終わらないと、いずれ箱庭はダイニングテーブルからはみだし、さらに……。

何日かあとには、林もできていました。その林の中に小さな灰色の虫のようなものが歩いているので、虫メガネで見ると、なんとそれはゾウの形をしているではありませんか。それだけではありません。ときどき、寺院の中から、お経《きょう》のようなものまで聞こえるようになったのです。

次の日、丘《おか》の上のべつの寺院をのぞくと、そこにはヒンドゥー教の神様のガネーシャ像《ぞう》ができていて、そばにインド人とおぼしき女性が立っているというように、毎日ほんのちょっとずつかわっていく箱庭を見るにつけ、わたしは気が気ではなくなりました。

それから何度も、わたしはカオスさがしに出かけていましたが、カオスはまるで見つからず、毘沙門天《びしゃもんてん》に会うこともありませんでした。

赤い複葉《ふくよう》機《き》とふしぎな紙飛行機

空飛ぶ玄関《げんかん》マットのチャルシャムバと電気雲のペルシェンペがなにを学習したか

わたしは、だいたい日曜日の午前中は、空飛ぶ玄関マットのチャルシャムバに乗って、おもに東京《とうきょう》上空を飛行し、空に浮《う》かぶカオスをさがしていたのですが、ひとつも見つけることができませんでした。

しかし、空飛ぶ玄関マットに乗って空を飛ぶなどという経験はだれにでもあるものではないし、やってみるとわかりますが、それはそれで、けっこう楽しいのです。

世の中には高い授業料を払《はら》って、飛行機の操縦免許《そうじゅうめんきょ》を取り、ものすごく高いお金を払って、自家用飛行機を買い、いくらかは知りませんが、かなりの金額《きんがく》のあずけ賃《ちん》で、その飛行機を飛行場にあずかってもらっている人がいます。

空飛ぶ玄関マットに乗って飛ぶと、そういう人の気持ちがわかるようになるというものです。

さて、ある日曜日の朝、わたしはカオスの管理《かんり》エージェントの道具を入れたバッグを肩《かた》からななめがけにし、空飛ぶ玄関《げんかん》マットのチャルシャムバに乗って、東京都《とうきょうと》と神奈川県《かながわけん》の境《さかい》の多摩川《たまがわ》上空を飛行しておりました。

カオスは特別なゴーグルをかけていないと見えませんから、もちろん、わたしはゴーグルを装着《そうちゃく》していました。

そのとき、わたしはすでに二時間くらい飛行していました。

でも、カオスは見つかりそうもありませんでした。

カオスを求めて空に飛びたつこと、十回目くらいまでは、どうして、カオスが見つからないのだろうとか、その原因《げんいん》をあれこれ考えたものですが、十回をこえるあたりから、まあ、そういうことを考えても、カオスが見つかるものでもあるまい、見つかるときは見つかるし、見つからないときは見つからないのだ、とそう思うようになっていました。

そんなわけで、多摩川を下流から上流にむかい、ゆっくりと飛行しているとき、わたしは空飛ぶ玄関マットのチャルシャムバに、

「テシェキュレデリム！　さあ、チャルシャムバ。」

とそこまでいい、そのあと、

「うちに帰ろう！」

といおうとしました。

　ところがそのとき、多摩川《たまがわ》上流方向に黒い点が見えました。

　黒い点はだんだん大きくなっていきます。

　つまり、それはこちらにむかって、飛んできているということを意味しています。

　カオスは空中で静止しているものだから、こちらには飛んできません。

「チャルシャムバ。うちに帰ろうと思ったけれど、ちょっと待ってくれ。前から、なにかが

やってくる。」

わたしがそういったときには、その黒い点は点ではなく、まるに横線が何本も出ているかっこうに見えてきていました。

おまけに、ゴーという低い爆音《ばくおん》まで聞こえてきたのです。

「飛行機みたいだ……。」

とわたしがつぶやくと、わたしが乗っている空飛ぶ玄関《げんかん》マットのチャルシャムバのうしろから、電気雲のペルシェンベがわたしの左ななめ前におどりでました。

ジジジジジ……。

電気雲のペルシェンベは、いかにも電気っぽいうなり声をあげて、体をふるわせています。ペルシェンベが臨戦態勢《りんせんたいせい》に入っているのです。

わたしが空飛ぶ玄関マットのチャルシャムバに乗って、どこかに出かけると、たいてい、電気雲のペルシェンベがついてきます。そういうところは、じつにかわいいのですが、ペルシェンベにはちょっと喧嘩《けんか》っ早《ぱや》いところがあるのです。

もうひとついっておくと、ギリシャ人、ディミトゥリウス・イリアディス氏からもらった月桂冠《げっけいかん》には、知らないうちにわたしの頭にのっているという、ふしぎな性格があり、その日も、わたしの後頭部にへばりついていました。

たぶん、ゴーグルをかけていたので、気をきかせて、ひたいにかからないようにしているのでしょう。

それはともかく、前から飛んできたものは、飛行機は飛行機だとしても小型《こがた》飛行機で、しかもかなり旧式《きゅうしき》なものだということがわかりました。なぜなら、それは、複葉機《ふくようき》だったからです。しかも、主翼《しゅよく》が二段ではなく、三段になっています。

わたしはその飛行機を知っていました。

それは、フォッカー・Dr.I《ディーアールワン》という、第一次大戦中のドイツの戦闘機《せんとうき》です。

そのフォッカー・Dr.Iはわたしの右をすりぬけていきましたが、そのまま飛びさるのではなく、右に旋回《せんかい》し、またもどってきました。

エンジン音が止まり、プロペラも止まりました。そして、フォッカー・Dr.Iはチャルシャムバとならぶように、わたしの左で止まったのです。

わたしとの距離《きょり》はだいたい十メートルくらいですから、これが航空機《こうくうき》どうしなら、超《ちょう》ニアミスです。

それは、ただのフォッカー・Dr.I《ディーアールワン》ではありませんでした。

なんと、それは黒ではなく、赤い機体のフォッカー・Dr.Iだったのです。

空では、遠くの点は、どんな色でも、黒く見えることが多いのです。

電気雲のペルシェンベはうなるのをやめ、すっとわたしの右横にもどってきて、そこで止まりました。

赤い機体のフォッカー・Dr.Iといえば、あの有名なレッド・バロン、マンフレート・アルプレヒト・フォン・リヒトホーフェン男爵《だんしゃく》の愛機《あいき》ではありませんか！

いったい、ヘリコプターや垂直離着陸機《すいちょくりちゃくりくき》ではない、旧型《きゅうがた》の複葉機《ふくようき》が空中で停止できるだろうか、などということは、レッド・バロンの愛機をまのあたりにしたら、どうでもいいどころか、どうでもいいことですらなくなります。

わたしは、呆然《ぼうぜん》として、そのフォッカー・Dr.Iを見つめるだけで、あいさつの言葉も出ませんでした。

できたことといえば、ただ、ゴーグルをひたいにあげるくらいのことでした。

すると、そのフォッカーに乗っていた飛行士もおもむろにゴーグルをはずし、飛行帽《ひこうぼう》をぬぎました。

わたしは、写真でリヒトホーフェン男爵《だんしゃく》の顔を見たことがあります。

目の前のパイロットは、まぎれもまく、マンフレート・アルプレヒト・フォン・リヒトホーフェン男爵その人です！

リヒトホーフェン男爵の口が動き、

「パーナー？」

という声が聞こえました。

パーナーって、なんだろう、とすら、わたしは思いませんでした。

思ったことは、これがリヒトホーフェン男爵の声なのかということです。

リヒトホーフェン男爵がどんな声だったのか、想像《そうぞう》したことはありませんが、もし前もって想像したことがあったとしたら、想像していたよりも高い声だと思ったでしょう。

高いというか、若いというか、ほとんど大学生のような声だったのです。

「パーナー？」

もう一度、リヒトホーフェン男爵《だんしゃく》はそういいましたが、わたしが答えないので、さらにもう一度、もっと大きな声で、ゆっくりといいました。

「ヤパーナー？」

そういわれても、わたしには意味がわかりません。

リヒトホーフェン男爵がいっているのだから、ドイツ語にちがいないのです。でも、わたしはドイツ語なんて、ならったことはまるでなく、知っている単語はヤッケとヒュッテとメルセデス・ベンツくらいです。知っている単語の数なら、トルコ語のほうがむしろ多いくらいです。

わたしが答えないでいるので、わたしがドイツ語ができないことがわかったのでしょう。

リヒトホーフェン男爵は、今度は、

「エングリッシュ？」

といいました。

エングリッシュとはたぶんイングリッシュのことで、英語はできるかということをきいているのです。

このときほど、わたしは中学校と高校のとき、もっと英語を勉強しておけばよかったと後悔《こうかい》したことはありません。

ここで、

「イエス。」

なんて答えてしまったら、どういうことになるかわかりません。

そこでわたしは、

「ノー。」

と答えてから、日本語でいいたしました。

「英語はできません。」

すると、リヒトホーフェン男爵《だんしゃく》は、

「オーケー！」

といい、それから、きれいな発音の日本語で、

「あなたは日本人ですね。」

とたずねてきました。

「そうです。」

とわたしが答えると、リヒトホーフェン男爵《だんしゃく》はうなずき、

「では、あなたはこの空域《くういき》のカオスの管理《かんり》エージェントの……」

といってから、わたしの名前をいい、そのあと、

「……ですか？」

をつけました。

そういわれて、わたしは少し驚《おどろ》きましたが、考えてみれば、そもそも、第一次大戦のドイツの撃墜王《げきついおう》と多摩川《たまがわ》上空で遭遇《そうぐう》することがすでに、驚くべきことである以上、そのリヒトホーフェン男爵がわたしのことを知っていたからといって、たいして驚きの量がふえるわけでもないのです。

「そうです。」

わたしが答えると、リヒトホーフェン男爵は、

「わたしの友人のアッバス・アルカン氏がわたしにこれをあずけました。」

といって、操縦席《そうじゅうせき》に手を入れ、流線形の白い紙飛行機を引っぱりだし、それをわたしの

ほうにさしだしました。

それは、B5《ビーご》の紙で作ったら、それくらいの大きさになるだろうというくらいの大きさでした。

わたしは身を乗りだして、その紙飛行機を左手で受けとり、なぜ、アッバス・アルカン氏がその紙飛行機をリヒトホーフェン男爵《だんしゃく》に託《たく》して、わたしにとどけさせたのか、つまり、その紙飛行機はいったいなんなのかを考えました。

紙飛行機をながめているわたしに、リヒトホーフェン男爵はいいました。

「それは偵察機《ていさつき》です。」

わたしは紙飛行機からリヒトホーフェン男爵に視線《しせん》をうつして、つぶやきました。

「偵察機？」

リヒトホーフェン男爵はうなずきました。

「そうです。それは無人偵察機です。」

「無人偵察機《ていさつき》って……。」

「それをわたしはイスタンブールで、アッバス・アルカン氏からあずかりました。それの使いかたはかんたんです。あなたはそれをふつうの紙飛行機と同じように飛ばせばいいのです。あとのことは、あなたがそれを飛ばしてみれば、わかります。」

「飛ばしてみればわかる？」

「そうです。あなたはそのことをあとでやってみるといいでしょう。ひょっとして、あなたがお困《こま》りかもしれないと、アッバス・アルカン氏は思いました。それで、彼はあなたのところに、それをとどけてくれと、わたしにたのみました。わたしはその依頼《いらい》を引きうけました。わたしはオーストラリアにいこうとしていたところでしたから、わたしはその偵察機をついでにあなたにとどけにきたのです。」

もちろん、なぜ、リヒトホーフェン男爵《だんしゃく》がアッバス・アルカン氏の友人なのか、それはわかりません。また、どうして、リヒトホーフェン男爵がイスタンブールから、オーストリアならまだしも、オーストラリアにいこうとしているのかもわかりません。

しかし、そういう疑問《ぎもん》は、なぜ、目の前にリヒトホーフェン男爵がいるのかという疑問にくらべれば、非常《ひじょう》に些細《ささい》なことです。

なんというか、リヒトホーフェン男爵《だんしゃく》は実存主義的《じつぞんしゅぎてき》にそこにいるのです。

「それでは、ごきげんよう。わたしはあなたの幸運を願っています。」

リヒトホーフェン男爵がそういうと、エンジンの始動音がして、止まっていたプロペラが動きだしました。

そして、リヒトホーフェン男爵は、かならず主語と目的語または補語《ほご》、またはその両方を入れる日本語の語感と、それから、エンジンオイルのにおいを残し、いったん多摩川《たまがわ》上流方向に上昇《じょうしょう》していきました。それから宙返《ちゅうがえ》りをうって、さらに機体を水平になおすと、東京湾《とうきょうわん》のほうに去っていったのです。

リヒトホーフェン男爵のフォッカー・Dr.I《ディーアールワン》が南東の空に消えてしまってから、わたしはリヒトホーフェン男爵にお礼をいうのを忘《わす》れていたことを思いだしました。

イスタンブールからオーストラリアに直接いくところをわざわざ遠まわりしてくれたのですから、やはり、お礼はいうべきだと思い、わたしは、空飛ぶ玄関《げんかん》マットのチャルシャムバにいいました。

「テシェキュレデリム！　さあ、チャルシャムバ。リヒトホーフェン男爵《だんしゃく》のフォッカー・Dr.I《ディーアールワン》を追うのだ！」

　すると、チャルシャムバはいきなり発進し、急角度で上昇《じょうしょう》したかと思うと、今までそんなことをしたことはないのに、宙返《ちゅうがえ》りをして、それから水平飛行にうつったのです。

　見れば、やや遅《おく》れて、電気雲のペルシェンベもすぐ横で宙返りをしています。

　空飛ぶ玄関《げんかん》マットのチャルシャムバと電気雲のペルシェンベはリヒトホーフェン男爵のフォッカー・Dr.Iのまねをして、宙返りを学習したのです。

　チャルシャムバに乗っていると、空気抵抗《ていこう》

もないし、どんなにかたむいても、重力は地上にむかってではなく、チャルシャムバの面にむかってはたらくから、チャルシャムバが宙返《ちゅうがえ》りをうっても、こちらはべつに下に落ちることもなく、ただまわりの景色がかわるだけです。

それでも、やっぱり、宙返りはびっくりします。

リヒトホーフェン男爵《だんしゃく》のフォッカー・Dr.I《ディーアールワン》はそれほど速くないようで、わたしは東京湾《とうきょうわん》上空で追いつきました。

空飛ぶ玄関《げんかん》マットのチャルシャムバに乗ったわたしがフォッカー・Dr.Iの横にならぶと、リヒトホーフェン男爵はこちらを見ました。

わたしは手をふって、チャルシャムバに、

「テシェキュレデリム！　さあ、チャルシャムバ。スピードを落とすんだ。それで、こちらにあわせて、リヒトホーフェン男爵《だんしゃく》の飛行機が速度を落としたら、すぐ近くまでいって、止まってくれ。」

といいました。

チャルシャムバがスピードを落とすと、フォッカー・Dr.I《ディーアールワン》もしだいに速度を落としていきました。そして、チャルシャムバが止まる前に、やがてプロペラが止まり、フォッカー・Dr.Iが空中で静止しました。

チャルシャムバがフォッカー・Dr.Iのすぐそばで止まったところで、わたしはリヒトホーフェン男爵にむかって、大声でいいました。

「わざわざとどけてくれて、どうもありがとうございます。せっかくきていただいたのですから、わたしのうちにおよりになり、お茶でもいかがでしょう。」

すると、リヒトホーフェン男爵は、

「いや、わたしはたいしたことはしていません。あなたがわたしをさそってくださったことは、わたしはとてもうれしく思います。ですが、わたしたちは、お茶はまた次の機会にということにいたしましょう。それでは、アウフ・ヴィーダーゼーエン！」

といって、フォッカー・Dr.Iを発進させ、もう一度宙返《ちゅうがえ》りをして今度は南方向に飛んでいったのでした。

きっと、リヒトホーフェン男爵《だんしゃく》が最後にいった言葉は、〈さようなら〉という意味だったのでしょう。

そう思ったとき、今度は、わたしは、さようならをいっていないことに気づきましたが、わざわざ、さようならをいうためにまた追いかけるのはどうかと思うので、それはやめておきました。

偵察機《ていさつき》だという紙飛行機をわたしはまだ右手に持ったままでした。

飛ばしてみればわかるというリヒトホーフェン男爵の言葉を思いだし、わたしは紙飛行機の胴体《どうたい》の部分をつまんで、そっと飛ばしてみました。

紙飛行機はわたしの手をはなれると、まず宙返《ちゅうがえ》りをし、それからわたしの目の前で、直径三メートルくらいの輪をえがいて、何度も旋回《せんかい》していましたが、やがて、房総《ぼうそう》半島のほうにむかって、飛びはじめました。

最初、わたしはただぼうっとして、飛んでいく紙飛行機を目で追っていましたが、そのままでは見えなくなってしまうので、空飛ぶ玄関《げんかん》マットのチャルシャムバに、

「テシェキュレデリム！　さあ、チャルシャムバ。あの紙飛行機を追うのだ！」

といいました。

チャルシャムバは飛びはじめるとすぐ、またも宙返《ちゅうがえ》りをしましたが、すぐに紙飛行機に追いつきました。

すぐ横で、電気雲のペルシェンベも宙返りをしました。

空は晴れていて、雲ひとつありません。

ちょうど東京湾《とうきょうわん》のまんなかあたりにきたとき、紙飛行機がまた直径三メートルくらいの輪をえがきだしました。しかも、色が白から赤にかわっています。

もしかして……、と思い、わたしはひたいからゴーグルをおろしました。

ありました！

ついに見つけたのです！

赤くなった紙飛行機が旋回する輪のまんなかに、ふたつ縦《たて》にならんだ〈く〉の字の形。

太さは三十センチくらい。

高さは、紙飛行機が旋回《せんかい》している輪の直径と同じくらい。つまり、三メートルくらいです。

色はうすいピンクです。

カオスです!

紙飛行機はカオスを見つける無人偵察機《ていさつき》だったのです!

「テシェキュレデリム! さあ、チャルシャムバ。カオスを点検《てんけん》するから、旋回《せんかい》しているる紙飛行機の輪のまんなかあたりにいってくれ。カオスがあるから、気をつけて!」

チャルシャムバがカオスにゆっくりと近づいていきます。

チャルシャムバに、カオスが見えているのかどうかわかりませんから、わたしは、

「テシェキュレデリム! さあ、チャルシャムバ。ここで止まってくれ。」

といって、チャルシャムバを止めました。

そして、バッグの中から手袋《てぶくろ》を出し、カオスのあちこちをさわって、ほころびがないかどうか、点検をはじめました。

なにしろ、高さは三メートルくらいありますから、わたしは、

「テシェキュレデリム! さあ、チャルシャムバ。あと五十センチ、あがってくれ。」

とか、

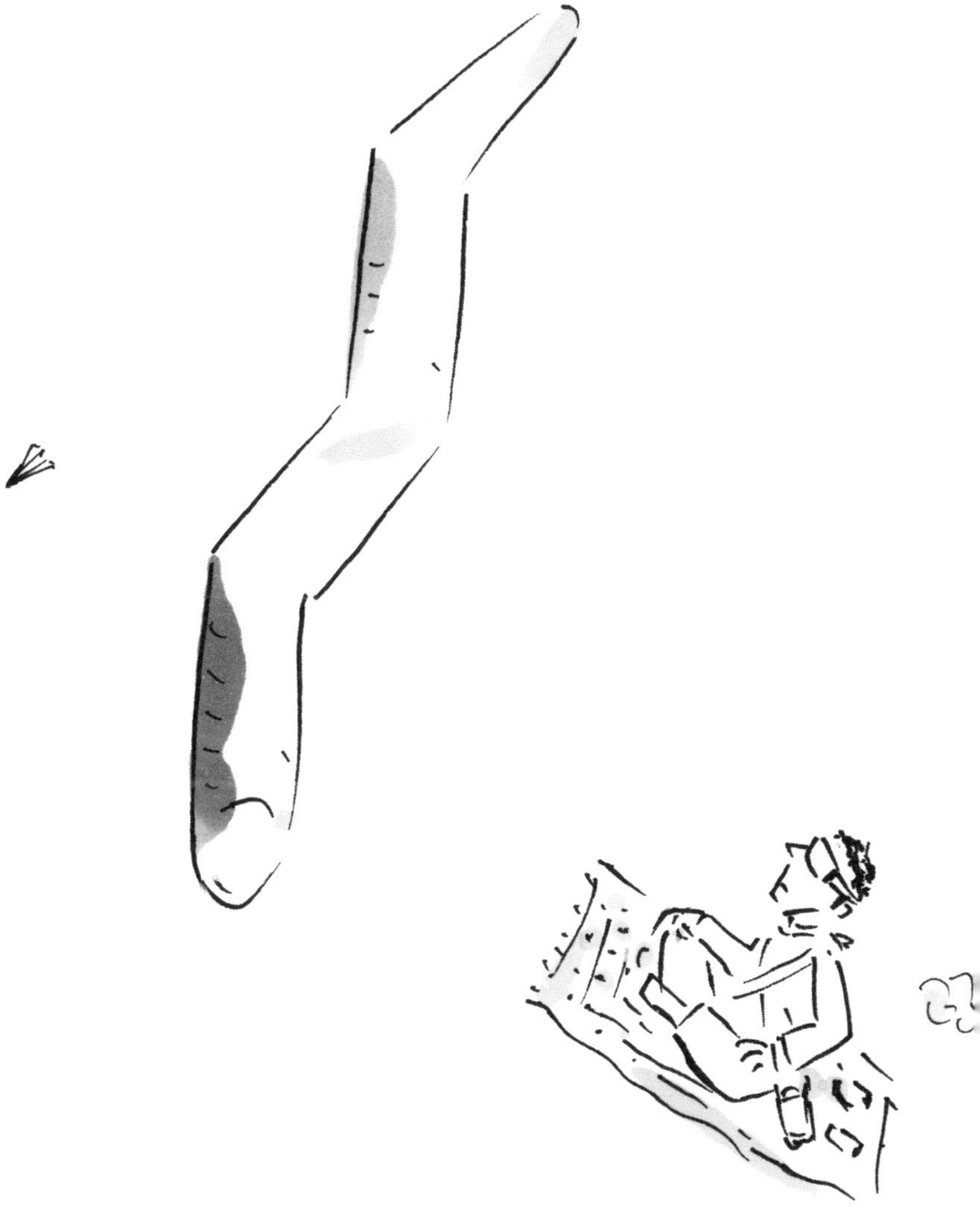

「テシェキュレデリム！　さあ、チャルシャムバ。今度は一メートル下におりてくれ。」

とか、そんなことをいいながら、カオスをぜんぶしらべましたが、ほころびはどこにもありませんでした。

ほころびはないにこしたことないのですが、なんだか、わたしは残念でした。

あれば、修繕《しゅうぜん》できたのに、なければ、することがありません。

カオスはまったく動かず、中からなにかが出てくるようすもありませんでした。

カオスが動きだすと、中からなにかふしぎなものが出てくるのです。そして、出てきたものは、管理《かんり》エージェントのものになります。

それでもわたしは、カオスを見つけることができて、とてもうれしく、点検の終わったカオスを手でなでて、

「点検完了《てんけんかんりょう》！　異常《いじょう》なし！」

なんていってみました。

それで、手袋《てぶくろ》をぬぎ、バッグにしまったのですが、ふとまわりを見ると、紙飛行機の姿《すがた》がありません。

空飛ぶ玄関《げんかん》マットのチャルシャムバの近くにいるのは、ついてきている電気雲のペルシェンベだけです。

ひょっとして、墜落《ついらく》してしまったのだろうか……。

わたしはきゅうに不安になり、チャルシャムバから身を乗りだし、下を見ました。

でも、下には東京湾《とうきょうわん》の海が見えるだけで、ひらひら落ちていくものはなにもありません。

念のため、上も見ましたが、やはり紙飛行機はありません。

せっかくカオスを見つけて、点検《てんけん》することができたのに、もしかしたら、あの紙飛行機は、一回カオスを見つけたら、消えてしまうのだろうか……。

わたしはそう思い、なぜか太平洋戦争のときの、神風特攻隊《かみかぜとっこうたい》のことが頭に浮《う》かび、もの悲しくなってきました。

そして、男爵《だんしゃく》も男爵だ、一回しか使えないなら、そういえばいいじゃないか、などと八つ当たり的な気分になってきたのです。

でも、そのとき、わたしは名案を思いついたのです。

わたしはそれをすぐに実行しました。

「テシェキュレデリム！　さあ、チャルシャムバ。あの紙飛行機を追うのだ！」

わたしは勇《いさ》んでそういいましたが、チャルシャムバは動きません。

宙返《ちゅうがえ》りもしません。

わたしはもう一度いいました。

「テシェキュレデリム！　さあ、チャルシャムバ。あの紙飛行機を追うのだ！」

しかし、やはりチャルシャムバは動きません。

たとえ、墜落《ついらく》してしまったとして、どこかにあれば、チャルシャムバはそこにむかって飛んでいくはずなのです。

チャルシャムバがわからないところに、紙飛行機はいってしまったのだろうか。ひょっとして、気づかないうちに、カオスに入ってしまったとか……？

わたしがそう思ったとき、電気雲のペルシェンベがすっとわたしの目の前にきました。

わたしは思わず、

「あっ！」

と声をあげました。

なんと、まるで、巣《す》の中の鳥のように、紙飛行機が機首だけ出して、電気雲のペルシェンベにつつみこまれているというか、おさまっているというか、やすらいでいるというか、そんな感じだったのです。

色は白にもどっていました。

わたしはほっとし、ペルシェンベの中の紙飛行機に手をのばしました。

すると、ペルシェンベはすっと、わたしから遠のきました。

まるで、中で眠《ねむ》っているから、さわるな、というふうです。

「わかったよ。」

とわたしはペルシェンベにいい、それから、チャルシャムバに声をかけました。

「テシェキュレデリム！　さあ、チャルシャムバ。きょうはこれくらいにして、うちに帰ろう！」

チャルシャムバが動きだしました。

けれども、わたしのうちがある北西にではなく、そのまま房総《ぼうそう》半島のほうにむかい、高度をあげたのです。

「テシュキュレデリム！　さあ、チャルシャムバ。そっちじゃ……。」

とわたしがいいかけたとき、空飛ぶ玄関《げんかん》マットのチャルシャムバは急角度に上昇《じょうしょう》し、ぐるっと宙返《ちゅうがえ》りをうって、方向を北西にむけると、それから水平飛行にうつりました。すぐ横、至近距離《しきんきょり》で電気雲のペルシェンベが同じことをしています。

わたしの口から、ひとりごとがもれました。

「レッド・バロンのあとは、ブルー・インパルスかあ……。」

じつをいうと、宙返りは、地面が頭のうえに見えて、あまり快適《かいてき》ではありません。

これから、毎回、これかなあ……。

わたしはそう思いましたが、そのあとすぐ、まあ、いいか、と思ったのでした。

ふしぎな四人組と拡大《かくだい》する宇宙《うちゅう》

どのようにして竜《りゅう》は雲に乗るかということ

今、この瞬間《しゅんかん》にも、ものすごいスピードで、宇宙は拡大しているそうです。最初にそれを聞いたとき、宇宙の拡大というのがどうも実感できなかったのですが、このごろは、そういうことはあるのだと納得《なっとく》しています。

というのも、わたしのうちには、いわば拡大する箱庭があるからです。

それで、その拡大する箱庭ですが、この箱庭の中心は小指くらいの大きさの仏塔《ぶっとう》です。

その仏塔というのは、わたしがカオスの管理《かんり》エージェントとして、空飛ぶ玄関《げんかん》マットに乗り、東京《とうきょう》上空で、管理すべきカオスをさがしていたとき、わたしを孫悟空《そんごくう》とまちがえて近よってきた毘沙門天《びしゃもんてん》からあずかった、あの仏塔です。

箱庭の中には、その仏塔を中心に、いくつかのインド風の寺院があり、築山《つきやま》があったり、小川が流れていたり、その小川に橋がかかっていたりします。インド風だからといって、レトルトのカレーのコマーシャルではありませんが、林もあります。

箱庭の、いわば箱に相当するのは、羊羹《ようかん》の木箱です。

そもそも、この箱庭は、最初は箱庭ではなく、ただの羊羹の木箱のまんなかに、毘沙門天《びしゃもんてん》からあずかった仏塔《ぶっとう》を置いただけのものでした。ところが、気がつくと、そこに築山《つきやま》ができたり、寺院が建ったり、小川まで流れだしていて、それがまたものすごく精密《せいみつ》なのです。精密なだけではありません。寺院からは、ときどき、お経《きょう》のようなものが聞こえてきました。

それから、夕方、暗くなると、宝塔《ほうとう》が光りだしました。箱庭はリビングルームのテーブルの上にあって、宝塔の光は、部屋の常夜灯《じょうやとう》として最適《さいてき》な明るさです。

さらに、こちらは夜中になると消えてしまいますが、インド風の寺院はどれも、日が暮《く》れるころ、中にあかりがともりました。

ところで、うちには、ペルシェンベという名のふしぎな電気雲がいます。

大きさは、家庭用の電気のブレーカーをすっぽりつつむくらいですが、なにしろ雲ですから、多少、大きくなったり、小さくなったりします。

電気雲のペルシェンベは、怒《おこ》ると、最大数百万ボルトの電気を放出します。

それから、ペルシェンベはふだん、部屋のすみのテーブルの上のガラスびんにさした金属棒《きんぞくぼう》にからみついているか、電気のブレーカーにおおいかぶさっているかなのですが、気がむくと、部屋の中をドローンのように飛びまわります。そういうときは、機嫌《きげん》がいいときです。

いや、そうでないこともありました。

このあいだ、電気雲のペルシェンベが箱庭の五十センチくらい上に止まって、ゴロゴロとうなっていたので、なにごとかと思ったら、稲妻《いなずま》を発して、箱庭の林に小さな雷《かみなり》を落としました。雷が落ちた林を見ると、木が一本、焼けこげていました。

ともかく、ペルシェンベの雷攻撃《こうげき》にもめげず、箱庭が少しずつ拡大《かくだい》していき、ある日、とうとうテーブルの三分の二くらいの面積を占《し》めるようになってしまったのです。

そのようなわけで、箱庭だって拡大するのです。宇宙《うちゅう》だって拡大するくらいのことはするだろう……、と、わたしはそう思うのです。

ただ、宇宙が拡大しても、この先のことはともかく、今のところ、こちらに迷惑《めいわく》がかかったり、なにか困《こま》ったことが起こったりするということはありません。

ですが、箱庭が拡大したら、どうなるでしょう。

ダイニングのテーブルがせまくなります。

せまくなると、どうなるか？

食事のときに、食器が置きづらくなる……と、そういうことではないのです、問題は。

食器が置きづらくなるくらいはいいのです。

べつに、そのテーブルで食事をとらなくても、ソファの近くには、ガラスの小型《こがた》テーブルもあるから、食事はそちらですればすむことです。

問題は、そのまま箱庭が拡大《かくだい》しつづけるとどうなるかということでした。

いずれは、テーブルからはみだし、さらに部屋いっぱいに拡大して、そのうちわたしのうちはこの箱庭でパンパンになってしまうのでは……。

わたしのうちは、東京《とうきょう》のマンションの五階にあります。

ほうっておけば、拡大する箱庭は、にゅんにゅか、にゅんにゅか、窓《まど》からあふれだしていくのではないでしょうか。

そうなると、どうなるでしょう。

いつか、東京の町は、いや、日本は、拡大す

る箱庭の下敷《したじ》きになり、やがて箱庭は太平洋、日本海、オホーツク海、東シナ海をおおって、さらに、アメリカ大陸もユーラシア大陸も、すべての大陸と海洋は箱庭につつみこまれてしまうのではないでしょうか……、と、そういうことが心配になってきたのです。

そんな心配をしながら、ある土曜日の朝、わたしは腕《うで》をくんで、テーブルのそばに立ち、箱庭を見おろしていました。すると、ベランダからだれかが入ってくる気配《けはい》がしました。

なにしろ、うちはマンションの五階ですから、ふつうの人間はベランダから入ってはこられません。入ってきたということは、ふつうの人間ではない証拠《しょうこ》です。

でも、それくらいで驚《おどろ》いていたら、カオスの管理《かんり》エージェントはつとまりません。

わたしの前任者《ぜんにんしゃ》、ふしぎなトルコ人のアッバス・アルカン氏は、うちにくるときはたいてい、ベランダからでした。それというのも、アッバス・アルカン氏は空飛ぶじゅうたんを持っていて、うちにくるときは、それに乗ってきたからです。

でも、ベランダの気配《けはい》の正体《しょうたい》は、アッバス・アルカン氏ではありませんでした。

それは毘沙門天《びしゃもんてん》だったのです。

昔の中国の鎧《よろい》のようなものを身につけ、三つ又《また》の槍《やり》を持っています。

わたしは前にも一度、空で毘沙門天に会ったことがありました。

そのときと同じ兜《かぶと》と鎧を身につけ、そのときと同じ槍です。

毘沙門天は靴《くつ》もぬがずに、リビングルームにあがってくると、

「あずけものを取りにまいった。」

といいました。

わたしの前任者、アッバス・アルカン氏はベランダから入ってくるとき、かならず靴をぬぎました。

わたしは毘沙門天《びしゃもんてん》の靴《くつ》をちらと見ました。

それは、ブーツのような形をしていましたが、泥《どろ》などまるでついていませんでした。

そこで、わたしは靴のことにはふれず、

「ちょうど今、これをどうしようと思っていたところです。」

といって、毘沙門天の靴から、テーブルの上の箱庭に視線《しせん》をうつしました。

すると、毘沙門天は、

「うむ。」

とうなずき、つかつかとテーブルに近よると、右手の三つ又《また》の槍《やり》を左手に持ちかえて、右腕《うで》をのばし、箱庭のまんなかにある仏塔《ぶっとう》を指でつまみました。そして、それを箱庭から取ろうとしたのですが……。

「ん……?」

と、声にならない声をのどからもらし、毘沙門天は指を仏塔からはなしました。そして、人差し指と中指の腹《はら》を親指の腹で数度こすってから、もう一度、仏塔をつまみました。

毘沙門天は首をかしげ、今度はしっかりと声に出して、

「おかしいな……。」

とつぶやきました。

どうやら、仏塔《ぶっとう》が箱庭から、はずれないようです。

わたしが毘沙門天《びしゃもんてん》の顔を見ると、毘沙門天はいいました。

「ちょっと、おまえ、やってみろ。」

「仏塔を箱庭から、はずせばいいんですか？」

わたしがそういうと、毘沙門天は、

「うむ。」

とうなずきました。

そこで、わたしは、毘沙門天がやったように、手をのばし、指で仏塔をつまみ、持ちあげようとしましたが、仏塔はぴくりとも動きません。

そのようすを見て、毘沙門天はわたしにいいました。

「おまえ、シュンチャクとか、使ったのか？」

わたしが、毘沙門天がなんのことをいったのかわからず、

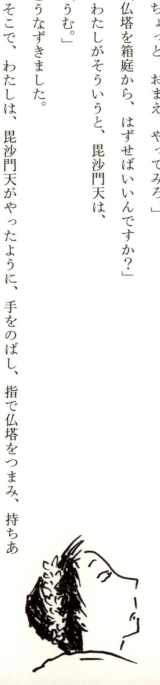

「シュンチャクって……？」

というと、毘沙門天《びしゃもんてん》は馬鹿《ばか》にしたようにいいました。

「おまえ、シュンチャク、知らないのか？　瞬間接着剤《しゅんかんせっちゃくざい》だ。このごろ、そういう便利なものがあるだろう。」

「あ、シュンチャクね。」

わたしがうなずくと、毘沙門天はいらいらしたように、うりうりと眉毛《まゆげ》を上下させました。

「だから、シュンチャクっていってるだろうが。瞬間接着剤以外にシュンチャクがあるか？」

そのいいかたに、わたしはちょっとむっとしました。でも、瞬間接着剤以外のシュンチャクという日本語を思いだせなかったので、ひとまずうなずいて、いいました。

「そうですね。でも、うちには、瞬間接着剤はありません。ですから、ひょっとして、あなたがお疑《うたが》いかもしれないように、わたしが仏塔《ぶっとう》を箱にくっつけたなんていうこともありません。だいたい、人からのあずかりものを接着剤でどこかにはりつけるなんて、そんなこと、しませんよ。」

「なるほど。」

と小さくうなずいてから、毘沙門天《びしゃもんてん》は、

「それはそうかもしれんな。だが、いっておくが、わたしは人ではない。したがって、おまえから見れば、仏塔《ぶっとう》は人からのあずかりものではない。」

といいました。

そんな屁理屈《へりくつ》をいわれ、わたしは腹《はら》が立ってきました。そこで、わたしはふてくされたように答えました。

「わかりました。では、いいなおしましょう。わたしは、人間ではないあなたからおあずかりしたものを接着剤で箱につけてはおりません！」

「わかった。だが、そんなに怒《おこ》らなくてもいいだろう。」

今度はなだめるように、毘沙門天はそういうと、もう一度、仏塔を指でつまみ、

「えいやっ！」

とかけ声をかけて、箱庭から引きぬこうとしました。

でも、無駄《むだ》でした。

毘沙門天は指を仏塔からはなし、腕《うで》をくみ、わたしの顔を見ていいました。

「仏塔《ぶっとう》がはずれないのは、おまえ、どうしてだと思う?」

わたしが自分でしたのは、仏塔を羊羹《ようかん》の木箱のまんなかに置いたことだけです。仏塔のまわりにいろいろなものができて、しかも、箱庭が拡大《かくだい》していることの理由がわかるわけがありません。仏塔がはずれなくなっていることも、なぜだかわかりません。

わたしは、

「さあ……。」

と首をかしげ、

「あなたからおあずかりしたものをそのへんに置くのはなんだと思って、羊羹の木箱のまんなかに置いたら、築山《つきやま》ができたり、まわりに寺院ができたり、林ができたり、小川が流れだしたりして、こんなふうになったのです。」

といいました。

「え? じゃあ、するとなにか? この細工品《さいくひん》は、おまえが作ったのではないのか? どうりで、人間が作ったにしては精密《せいみつ》にできていると思った。」

毘沙門天《びしゃもんてん》はそういってから、

「この仏塔《ぶっとう》は、ふだん持ち歩かないときには、うちにある黄金の台座《だいざ》の上に置いてあるのだが、台座から取れなくなったり、台座に、こういう小さな村のようなものができたりはしない。しかたがない……。」

といいました。

それで、もしかして、そのあと、

「あきらめて、ここに置いていこう。」

なんていったら、日ごろわたしが懸念《けねん》していることが現実になってしまうかもしれません。

そこで、わたしは毘沙門天《びしゃもんてん》の言葉をさえぎりました。

「しかたがないって、そんなふうに、おさまりかえっている場合じゃないでしょう。この箱庭はだんだん大きくなっているんです。なんとかしてください。」

「なに? 大きくなっている? たしかに、こんなに大きな羊羹《ようかん》の箱はない。よしわかった。」

となにがわかったのか、わかりませんが、毘沙門天はそういうと、つかつかとベランダに出ていきました。

わたしは毘沙門天のあとを追い、うしろから声をかけました。

「どこにいく気です？」

毘沙門天《びしゃもんてん》はふりむき、

「安心しろ。すぐに帰ってくる。」

といって、ベランダの柵《さく》に片手をかけ、カウボーイが牧場の柵を跳《と》びこえるように、ベランダの外の空中に跳びでたのです。

わたしは思わず、

「あっ！」

と声をあげ、ベランダに出ようとしました。

でも、毘沙門天はそのまま下に落ちてしまうようなことはなく、空中に浮《う》いています。浮いているどころか、だんだん上にせりあがっていきます。

そのようすといい、さっきの眉《まゆ》の動かしかたといい、することがなんだか芝居《しばい》がかっています。

毘沙門天の下には、四畳半《よじょうはん》くらいの広さの白い雲がありました。

「しばし待っておれ！」

毘沙門天《びしゃもんてん》はそういいのこし、天空をずんずんあがっていってしまいました。

毘沙門天が住む天界《てんかい》とわたしたちの世界では、時間の進みようがちがいます。ですから、毘沙門天の〈すぐ〉や〈しばし〉がわたしたちの〈すぐ〉や〈しばし〉と同じ時間量とはかぎりません。〈しばし〉なんていっても、じつは百年だったなんていうことだって、ありえるのです。

でも、わたしがベランダで待っていると、十分くらいで、まずひとつ、空に点があらわれ、そのあとすぐにあと三つ、点があらわれました。四つの点はだんだん大きくなってきました。

だいたいの場合、空の点が大きくなるということは、こちらに近づいてきているということなのです。

案《あん》の定《じょう》、四つの点はやがて雲になり、うちのベランダの前の空中に止まりました。

ひとつにひとりずつ乗っています。

そのうちのひとつに乗っているのは毘沙門天です。どこに置いてきたのか、三つ叉《また》の槍《やり》は持っていません。手ぶらです。

最初に毘沙門天《びしゃもんてん》に会ったあと、わたしは少ししらべてみたのですが、ひとりが毘沙門天というこ とになると、あとの三つの雲に乗っているのは、持国天王《じこくてんのう》、増長天王《ぞうじょうてんのう》、広目天王《こうもくてんのう》でしょう。

毘沙門天はなかまをつれて、もどってきたのです。

四天王《してんのう》そろいぶみ、といったところです。

まず、毘沙門天が雲からベランダにおり、部屋の中にかけこむと、同じような昔の中国の兜《かぶと》や鎧《よろい》を身につけた三体の天王《てんのう》が、

「持国天王参上《さんじょう》!」

「増長天王見参《けんざん》!」

「広目天王推参《すいさん》!」

とそれぞれかけ声とともに部屋になだれこみました。

みな、土足です。

持国天王と名のった天王は琵琶《びわ》を持っており、増長天王は剣《けん》をにぎっていました。そして、広目天王は、どういうわけか、長さが一メートルはあろうかと思われる蛇《へび》をつかんでいるではありませんか。

わたしは四天王《してんのう》のあとから、部屋に入りました。

すでに、毘沙門天《びしゃもんてん》から話のあらましは聞いていたのでしょう。

毘沙門天が箱庭の前に立つと、ほかの三天王《さんてんのう》がテーブルをかこみました。

持国天王《じこくてんのう》が琵琶《びわ》をベロロロローンとかきならしてから、

「なるほど、たしかにこれは多聞天王殿《たもんてんのうどの》の仏塔《ぶっとう》だ。」

というと、増長天王《ぞうじょうてんのう》は剣《けん》を鞘《さや》におさめ、

「失敬《しっけい》！」

といって、仏塔をつまんで、引っぱりました。

でも、仏塔は動きません。

「なるほど動かない。」

そういって増長天王が小さくうなずくと、広目天王は、

「われらの力でいかんともしがたいならば、大聖《たいせい》にきてもらうのはどうだろうか。」

といいました。

するとと、ほかの三天王はいっせいに、

「そりゃあ、どうかな……。」

とうなりました。

大聖《たいせい》というのは、たぶん、斉天大聖《せいてんたいせい》、つまり孫悟空《そんごくう》のことでしょう。

事情《じじょう》はよくわかりませんが、毘沙門天《びしゃもんてん》に最初に会ったとき、毘沙門天は孫悟空にずいぶん気をつかっているというか、敬《けい》して遠ざけたいというふうな感じがしました。

毘沙門天がいいました。

「おもしろがって、仏塔《ぶっとう》をにぎりつぶしてしまうなんていうことだって、ないとはいえない。」

すると、持国天王《じこくてんのう》と増長天王《ぞうじょうてんのう》は同時に、

「そうだな。」

といいましたが、ひとり広目天王《こうもくてんのう》だけは、

「そんなことはするまい。」

と反対意見をいいました。

「貴殿《きでん》は仲がいいから、そう思うかもしれんが……。」

と増長天王が広目天王にいったところを見ると、孫悟空と広目天王は親密《しんみつ》な関係のようです。

天の世界もなかなか複雑《ふくざつ》なんだなあ……、とわたしが思っていると、毘沙門天《びしゃもんてん》が仏塔《ぶっとう》を見ながら、

「これを持って帰るいい手はないものかな。」

とつぶやきました。

「さあて……。」

と増長天王《ぞうじょうてんのう》がため息をつくと、広目天王《こうもくてんのう》が両手のさきを箱庭とテーブルのあいだに入れ、ちょっと持ちあげました。そして、わたしを見て、

「これぜんぶ、つまり多聞天王殿《たもんてんのうどの》の仏塔ごと、われらにおわたしいただくというか、おゆずりいただくわけにはいくまいか。」

といったのです。

多聞天王というのは毘沙門天《びしゃもんてん》の別名です。毘沙門天にはもうひとつ托塔李天王《たくとうりてんのう》という名もあります。それは、毘沙門天と最初に会ったとき、毘沙門天自身がいっていました。

広目天王の言葉に、まず毘沙門天が、

「なるほど……。」

という と、次に持国天王《じこくてんのう》が、

「そういう手が……。」

とつなげ、増長天王《ぞうじょうてんのう》が、

「あったか！」

としめくくりました。

〈なるほど、そういう手があったか。〉なんて、そんなこと、はじめから気がつきそうなものですが、それは、いわば人間の浅知恵《あさぢえ》のしからしむるところかもしれません。天界《てんかい》の者たちには、天界の思考経路《けいろ》があるのでしょう。

わたしは広目天王《こうもくてんのう》に答えました。

「そうしていただけると、こちらとしても助かります。でも、あらかじめいっておきますが、この箱庭、どんどん大きくなっているんです。そのことをご承知《しょうち》おきのうえで、お持ち帰りください。」

「大きくなるらしいということは、多聞天王殿《たもんてんのうどの》からうかがっている。だいじょうぶだ。」

広目天王はわたしにそういうと、ほかの三天王《さんてんのう》に、

「持っていっていいそうだ。みなで運びだそう。」

といって、箱庭の一辺を両手で少し持ちあげました。

「よし。」

といって、まず持国天王《じこくてんのう》が琵琶《びわ》を背中《せなか》にやり、広目天王《こうもくてんのう》の正面を持ちました。

広目天王の右を増長天王《ぞうじょうてんのう》、左を毘沙門天《びしゃもんてん》が持ちます。

「そうれ！」

広目天王がかけ声をかけて、うしろむきに歩きだすと、あとの三天王《さんてんのう》が歩調をあわせ、箱庭をベランダに持っていきます。

「よし、だいじょうぶだ。それでは、いっせいに！　せーの！」

広目天王の音頭《おんど》で、四天王《してんのう》がそれぞれ雲に跳《と》びのると、毘沙門天がわたしを見て、

「世話になったたな。さらばだ！」

といいはなちました。

それが合図だったかのように、四つの雲に乗った四天王はそれぞれ箱庭の一辺をつかみ、空にあがっていきました。

その姿《すがた》はなんとなく、雲の上で麻雀《マージャン》をしているようでした。

なにはともあれ、拡大《かくだい》する箱庭を持っていってもらえたので、わたしはほっと安心しました。

ところが、その安心もつかのまでした。

なにかがわたしの右足にからみついたのです。

わたしは足もとに目をやりました。

な、な、なんと！　わたしの右足に、蛇《へび》がからまっているではありませんか！

それは、広目天王《こうもくてんのう》が手に持っていた蛇にちがいありません。

おそらく、箱庭をつかむとき、どこかに蛇を置いたのです。

わたしは左足一本で立って、右足の蛇をふ

りほどこうと思ったのですが、ひとまずそれはやめました。

なにしろ、四天王《してんのう》のひとりが持っていた蛇《へび》なのです。どういう力を持っているかわかりません。

わたしは、右足を蛇にからみつかれたまま、そうっとソファまで歩いていき、腰《こし》をおろしました。

すると、蛇はにゅるにゅると脚《あし》をつたって、上にあがってくるではありませんか。

ところが、蛇の頭がわたしのズボンのベルトのあたりまできたとき、頭の下あたりから、なにかがふたつ出てきました。

手です！　それはふたつの手です。

両方の手から四つの爪《つめ》が出ています。

蛇はその爪を軽くわたしのシャツにかけて、ぐっと体をせりあげました。

その結果、蛇の頭がわたしの胸《むね》までとどきました。

蛇の色は青でしたが、たぶんそのときのわたしの顔色も、蛇の色とさしてかわりはなかったでしょう。

わたしは息を止め、あごをひいて、蛇《へび》の顔を見おろしました。

そのときです。

白いものがわたしの胸《むね》に飛びついてきました。

ペルシェンベです！　電気雲のペルシェンベです。

ペルシェンベがわたしの胸に飛びつくと、胸のあたりがきゅうに軽くなりました。

ペルシェンベがすっとわたしからはなれました。

胸から蛇がいなくなっています。

ペルシェンベを見れば、そこに蛇が乗っているではありませんか！

「あっ、そうか！」

思わずわたしは声をあげました。

ペルシェンベに乗っているのは、蛇ではなく、小さな竜《りゅう》なのです。だから手があるのです。

竜は雲に乗って飛ぶとも、竜がいると雲がくるともいいます。

竜が雲を呼《よ》ぶのではなく、竜がいると雲がくるといった人がいましたが、たしかにそんなふうな感じでした。

ペルシェンベは竜《りゅう》を乗せ、機嫌《きげん》よく部屋を飛びまわりました。

竜はペルシェンベから頭と尾《お》と手をはみださせ、あたりを睥睨《へいげい》しています。

わたしはすぐにスマートフォンを使って、広目天王《こうもくてんのう》をウィキペディアでしらべました。

やっぱり！

竜の一族は広目天王の眷属《けんぞく》、つまり家来《けらい》なのです。だから、広目天王は竜をつかんでいた……というか、つれていたのです。

それからというもの、竜はソファで寝《ね》そべったり、わたしが風呂《ふろ》に入っていると、ことわりもなく湯船に侵入《しんにゅう》してきたり、ペルシェンベに乗って、部屋の中を飛びまわったりしたのです。

ときどき、ペルシェンベに乗って、ベランダから散歩に出ていきましたが、一時間くらいでもどってくるのでした。

なにを食べているのか知りませんが、うちでは、風呂《ふろ》のお湯を飲むくらいで、なにも食べませんでした。ただひとつ心配なことがあったとすれば、あの箱庭と同じように、だんだん竜《りゅう》が大きくなることでした。

広目天王《こうもくてんのう》との再会《さいかい》と月並《つきな》みな月餅《げっぺい》

朝、かってに名前をつけられ、夜、異常《いじょう》で美しい満月を見ること

広目天王が置いていった小さな竜《りゅう》はほとんど手間がかからず、すぐに大きくなるようすもありませんでした。

ときどき、電気雲のペルシェンベに乗って、ベランダから散歩に出ていきます。

ときによっては、見えないコウモリのジュマーもつれていくようなのですが、なにしろ見えないコウモリは見えないので、よくわかりません。

と、まあ、そういうことで、ある日曜日の朝、電気雲のペルシェンベと小さな竜が留守《るす》で、見えないコウモリのジュマーが留守かどうかわからないとき、わたしは空飛ぶ玄関《げんかん》マットのチャルシャ

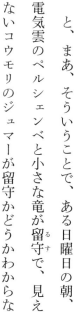

ムバに乗り、管理《かんり》すべきカオスをさがしに出ました。

そして、東京上空《とうきょう》を飛行しているとき、ものすごい速さでわたしを追いこしていく小さな雲がありました。その雲から、青い竜《りゅう》が顔としっぽを出しています。

わたしが空飛ぶ玄関《げんかん》マットのチャルシャムバに乗って空を飛んでいるとき、小さな青い竜が電気雲のペルシェンベに乗って、というか、ペルシェンベが小さな竜を乗せて、少しはなれたところで、わたしについてくることは、それまでにもありました。そういうとき、わたしがチャルシャムバを止めて、ふりむくと、ペルシェンベも急停止します。

なぜ、それが急停止だとわかるかというと、両手、というか、両前足と首をペルシェンベから出していた小さな青い竜が、車が急停止したときの助手席の人みたいに、前のめりになるからです。

前のめりになった竜はおもむろに顔をあげると、首を左右にまわし、あちこちながめて、べつにおまえについてきているわけではないというような、へたくそな尾行者《びこうしゃ》のようなしぐさをするのです。

でも、小さな青い竜がペルシェンベに乗って、というか、ペルシェンベが小さな竜を乗せて、まあ、それはビジュアル的には同じですが、ここはひとつ、小さな青い竜《りゅう》より、電気雲のペルシェンベのほうがわたしとのつきあいが長いので、ペルシェンベが小さな青い竜を乗せてということにしますが、ともあれ、ペルシェンベが小さな竜を乗せて、わたしを追いこしていくなど、はじめてのことでした。

電気雲のペルシェンベはなにしろ電気雲ですから、発電をします。それだけではなく、興奮《こうふん》すると、ピカピカ、ビカビカ、花火のような雷光《らいこう》を発します。

そのときも、小さな青い竜を乗せたペルシェンベは青白い雷光を発して、わたしの横を猛《もう》スピードで通過《つうか》していきました。

そのただならぬようすに、わたしは思わず、

「テシェキュレデリム！　さあ、チャルシャムバ。ペルシェンベを追おう！」

と声をあげました。

空飛ぶ玄関《げんかん》マットのチャルシャムバがスピードをあげました。

空飛ぶ玄関マットのチャルシャムバは、なにしろふしぎな玄関マットですから、急停止しようが、急発進しようが、乗っている者に、そのショックはつたわりません。ですから、

チャルシャムバがいきなりダッシュしても、わたしがのけぞりかえることなどありません。

その点、ふしぎな電気雲は、もともと乗り物用ではないせいか、急停止すると、乗っている小さな青い竜《りゅう》は前のめりになるのだと思います。

ともあれ、チャルシャムバはスピードアップし、たちまちペルシェンベの後方およそ三メートルにせまりました。でも、ペルシェンベを追いこすことはせず、そのままの間隔《かんかく》をたもって、ペルシェンベを追尾《ついび》していきました。

チャルシャムバがペルシェンベを追いこさなかったのは、わたしが、

「テシェキュレデリム！　さあ、チャルシャムバ。ペルシェンベを追おう！」

といったからであって、

「テシェキュレデリム！　さあ、チャルシャムバ。ペルシェンベを追いこそう！」

といわなかったからなのは、いうまでもありません。

そのようにならんで飛行すること数分で、前方に小さい雲が見えました。

こちらが近づくにつれ、遠近法の原理で、前方の雲はしだいに大きくなっていきますが、すぐそばにいっても、その雲はさして大きくはならず、小さいままでした。しかし、小さいといっても、電気雲のペルシェンベのような小ささではなく、畳《たたみ》四《よ》畳半《じょうはん》ほどの広さで、厚《あつ》さは二メートルくらいでしょうか。

それくらいの大きさでは、たぶん地上からは見えないでしょう。

空を飛ぶことになれてくるとわかるのですが、だいたい、空にそんな小さな雲がひとつだけ、ぽっかり浮《う》いているということはないのです。そんな大きさの雲がないではありませんが、あるとしても、近くにある大きな雲からちぎれたものか、さもなければ、すかすかで、むこうが見えるようなものです。

ですから、畳《たたみ》四《よ》畳半《じょうはん》で厚《あつ》さ二メートルくらいの雲が単体で浮いていること自体、めずらしいことなのです。

雲というものは、空の上で生まれたり、消えたり、大きくなったり、小さくなったりするものですから、むろん形をかえます。でも、あっちがにゅくっとふくらんで、こっちがむにゅっとへこむというような、つまり、にゅくにゅく、むにゅむにゅと、そういうような形のかえかたはしません。

けれども、その雲は空中に停止したまま、にゅくにゅく、むにゅむにゅ、動いているのです。

そうなってくると、それは当然、ふつうの雲ではありません。

そして、それがふつうの雲でないことは、次の瞬間《しゅんかん》、さらにわかりました。ペルシェンベに乗っていた小さな青い竜《りゅう》がその雲に跳《と》びうつったからです。小さな青い竜は跳びうつるとすぐ、雲の中にもぐりこみました。

すると、すぐに雲の中から声が聞こえました。

「待て、待て。あわてるな。ちゃんと持ってきてあるから、だいじょうぶ。だが、小さくとも、竜は竜だな。よく、わたしがおまえのところにむかっているとことがわかったな。ほらほら、そんな、がっつかずに……。」

声はいったんそこでとだえましたが、すぐにまた聞こえてきました。

「よせ。尾《お》で首をくすぐるな。くすぐったいではないか。ハハハ、やめろ、やめろ！」

そしてまた、そこでとだえ、ふたたび聞こえました。

「どうだ、あそこは？　居心地《いごこち》がいいか？　それなら、いいがな……。」

そのあいだも、雲はにゅくにゅく、むにゅむにゅ、動いていましたが、やがて小さな青い竜が雲から顔を出すと、すぐに、古い中国の甲冑姿《かっちゅうすがた》の男が上半身を出し、わたしを見て、

「あっ！」

と声をあげました。そして、なんだか気まずそうに、

「おまえもきていたのか。」

といい、それから、

「きたら、きたで、それなりの言葉があるだろう。」

と、わたしを責《せ》めるようなことをいうのです。

その顔と声から、わたしはそれが、うちに小さな青い竜《りゅう》を置いていった広目天王《こうもくてんのう》だということがわかりました。

だいたい、小さな青い竜をうちに置いていったまま、取りにもこないで、そういう、人を見下したような物言いをすることに、わたしはちょっとむっとして、いいました。

「それなりの言葉とは、どんな言葉です？」

すると、広目天王はあたりまえのように答えました。

「たとえば、誰々推参《だれだれすいさん》！　とかだ。」

もちろん、わたしは、〈誰々〉というのは、この場合、わたしの名前だということくらいわかったのですが、

「じゃあ、誰々推参《だれだれすいさん》！」

といってやりました。

すると、広目天王《こうもくてんのう》はため息をつき、

「これだから、人間っていうやつは困《こま》るのだ。」

とつぶやいてから、

「その、誰々《だれだれ》というところには、名前を入れるのだ。『誰々』と、そのままいって、どうするのだ。」

といいました。

こうなったら、もう少しからんでやれとばかりに、わたしは、

「じゃあ、名前推参《すいさん》！」

といってやりました。

それを聞いて、広目天王が、

「あ、おまえ、わざとボケてるな。わかっていて、やってるんだろ。推参の前にはおまえの名前を入れるのだ。」

といったので、わたしはそろそろ自分の名前をいってから、そのあとに〈推参《すいさん》〉をつけて、戦国武士風《せんごくぶしふう》にいいはなってやろうと思い、大きく息をすうと、広目天王《こうもくてんのう》は右のてのひらをわたしのほうにつきだし、

「待て、待て。人間の名前、とくに日本人の名前は色気もないし、おぼえにくいし、聞いても、おもしろくもなんともないから、わたしがおまえに名前をつけてやろう。」

といい、わたしにつきだしていた右手を引き、それをあごにあてて、ちょっとのあいだ、考えているそぶりを見せてから、

「セイサイケンリュウヨウイクドウジというのはどうだ？」

といいました。

「なんです？　そのセイサイなんとかというのは？」

わたしがそういうと、広目天王は立て板に水を流すように、即答《そくとう》しました。

「セイはむろん、青だ。サイは彩という字。ケンは賢《かしこ》いで、リュウはもちろん竜《りゅう》。つづけて読むと、青彩賢竜《せいさいけんりゅう》。つまり、これはここにいる竜の名で、おまえはその青彩賢竜を養育《よういく》、つまり、養《やしな》い育てている童子《どうじ》だから、青彩賢竜養育童子《せいさいけんりゅうよういくどうじ》だ。どうだ、気に入っただろ。」

「童子《どうじ》って、子どもっていうことですか。わたしはもう子どもじゃあ……。」

わたしがそこまでいうと、広目天王《こうもくてんのう》はそれをさえぎりました。

「そういうと思った。だが、天界《てんかい》では、五百歳《さい》や千歳など、まだひよっこだ。おまえ、いくつだ。まだ、百歳にもなっておらんだろう。何百歳、何千歳、何万歳という世界では、五歳も十歳も、二十歳も三十歳も、誤差範囲《ごさはんい》だ。とにかく、おまえはきょうから、青彩賢竜養育童子《せいさいけんりゅうよういくどうじ》だ。読みかたは日本語の音読みでいい。」

べつにわたしは、青彩賢竜養育童子と呼《よ》ばれても、というか、広目天王がわたしをどう呼んでも、かまわなかったのですが、そのきめつけかたが尊大《そんだい》だったので、

「べつに、なんという名前でもいいですけど、あなたがたはどうしていつも、そうやって、上から目線な物言いをなさるんですか。」

といってやりました。

するど、広目天王は、

「上から目線……。」

と、わたしの言葉をくりかえすと、いきなり大声で笑いだしたのです。

「ハッハッハッハッハッ。おまえ、なかなかおもしろいことをいうではないか。四天王《してんのう》だけに、上から目線ってことか？　ハッハッハッ！　たしかに、わたしたちはふだん、天界《てんかい》にいるからな。ハッハッハッ！」

広目天王《こうもくてんのう》はわたしが冗談《じょうだん》をいったのだと思ったのでしょう。

ひとわたり笑うと、広目天王は、

「いや、笑っているときではない。失敬《しっけい》した。笑う前に、礼をいわねばならんな、青彩賢《せいさいけん》竜《りゅう》養育童子《ようういくどうじ》よ。青彩賢竜を養《やしな》ってもらい、感謝《かんしゃ》している。ありがとう。」

といってから、中国語で、

「謝々《シェイシェイ》！」

といったのです。

「いえ、お礼をいってもらうほどのことはしておりませんが、それより、わたしはあなたの竜を育てているというつもりはなく、というか、その竜はあなたがかってにうちに置きわすれていったわけで……。」

わたしがそういうと、広目天王は、

「置きわすれていったとは失敬《しっけい》な。置きわすれていったのではない。わたしは青彩賢竜《せいさいけんりゅう》をおまえのところに修行《しゅぎょう》に出したのだ。」

といって、なぜか胸《むね》をはりました。

わたしはいいました。

「修行に出したって、それ、どういうことです？」

広目天王《こうもくてんのう》はまた、あたりまえのように答えました。

「竜《りゅう》は海に千年、山に千年、場合によっては、さらに空に千年といって、二千年ないし三千年、場所をかえて修行するのだ。しかし、このごろ、人間の数がふえてな。それなら、人間のところでも修行させたほうがいいのではないかと思い、おまえに青彩賢竜をあずけたのだ。」

「おまえにあずけたっていわれても、わたしは千年も生きられません。」

「だれが、千年、おまえにあずけるといった？　そんなに長くはあずけないから、安心しろ。」

「では、どれくらい、わたしにあずけるつもりなのです？」

「さあ、それは青彩賢竜しだいだな。」

広目天王《こうもくてんのう》はそういうと、横で雲から頭を出している小さな青い竜《りゅう》の頭をなでながらいいました。

「おまえ、ほんとうにかわいいな。わたしだって、好き好《この》んで、おまえを人間にあずけているのではない。だが、きちんと人選はしてある。おまえをあずけている青彩賢竜養育《せいさいけんりゅうよういく》童子《どうじ》は、なにしろ、多聞天王殿《たもんてんのうどの》の宝塔《ほうとう》をあずかったことがあるくらいだから、存外《ぞんがい》まともな人間なのだ。いや、むろん、人間界的な意味ではない。人間界的には、あまりまともではないかもしれんがな。」

ほめているのだか、けなしているのだかわからないような、広目天王の口ぶりに、わたしは横から口をはさみました。

「ちょっと待ってください。わたしは、とりたてて悪いこともしてないし、まともな人間のつもりでいますけど。」

すると、広目天王は小さな青い竜の頭をなでながら、わたしを横目で見て、いいました。

「おまえはそういうが、そうやって、異国風《いこくふう》の敷物《しきもの》に乗って、空に浮《う》いている者を人間界では、まともというか？」

それから、広目天王《こうもくてんのう》は、

「まあ、よい。」

といってから、いったん雲の中に姿《すがた》を消すと、菓子箱《かしばこ》のような紙の箱を持って、ふたたび雲から上半身をあらわしました。そして、わたしのほうを見て、こういったのです。

「これは、今、青彩賢竜《せいさいけんりゅう》にやった月餅《げっぺい》だが、まだ半分、つまり八つ残っている。食うか？ 月餅が好きなら、おまえにやろう。」

竜が食べるような月餅を人間が食べてもだいじょうぶだろうか、とは思いましたが、じつをいうと、わたしは饅頭《まんじゅう》のたぐいが好きなのです。そこで、いちおう、

「それ、ふつうの月餅ですか？」

ときいてみました。

「ふつうとは、どういうことだ？ ふつうなどという言葉ほど、あいまいな言葉はないぞ。たとえば、いま、わたしとおまえは、こうして、ふつうにしゃべっているが、このようすを無知な人間が見たら、どう思うか？ とても、ふつうとは思うまい。」

広目天王はそう答えてから、にっと笑い、すぐまたまじめな顔にもどり、

「だが、この月餅《げっぺい》が、おまえたち人間がふだん食べている月餅と、材料も作りかたも同じという意味で、ふつうのというなら、ふつうの月餅だ。つまり、月並《つきな》みな月餅だ。」

といって、いったん言葉を止めました。そして、手にした紙の箱にちらりと目をやってから、言葉をつづけました。

「今、月並みな月餅といったのは、しゃれであって、味は月並みではない。なにしろこれは、あの有名な横浜《よこはま》の中華街《ちゅうかがい》の清龍軒《せいりゅうけん》で、けさ手に入れたばかりのものだからな。青彩《せいさい》賢竜《けんりゅう》に持っていこうと思ったら、青彩賢竜がいち早くそれに気づき、おまえのところにいるショウハクライウンに乗ってきたというわけだ。」

ショウハクライウンというのは、たぶん、小さな白い雷雲《らいうん》ということで、これも広目天《こうもくてん》王《のう》がかってにつけたペルシェンベの名前なのでしょう。

「そういうことなら、いただきます。」

わたしがそう答えると、広目天王は自分の雲をこちらにぐっと近づけ、わたしのほうに箱入りの月餅をさしだしました。

それを受けとって、箱を見ると、そこには、セロハンにくるまれた月餅が八つ入っていりました。

「よし、では、さらばだ、青彩賢竜《せいさいけんりゅう》！　たっしゃで暮《く》らせよ。」

広目天王《こうもくてんのう》がそういうと、小さな青い竜は小白雷雲《しょうはくらいうん》、いや、ペルシェンベに乗りうつりました。

それをたしかめると、広目天王は今度はわたしに、

「青彩賢竜《せいさいけんりゅう》養育童子《よういくどうじ》よ。青彩賢竜をよろしくたのむぞ。」

というなり、くるりと背中《せなか》を見せ、そのまま飛んでいってしまいました。

とにかく、わたしはカオスの管理《かんり》エージェントですから、そのあと、しばらく空のあちこちを飛びまわり、管理すべきカオスをさがしたのですが、その日もカオスは見つかりませんでした。

カオスというものは、そんなにかんたんには見つからないのです。

お昼くらいまで、わたしはカオスをさがし、うちに帰りました。

そのあいだ、小さな青い竜を乗せた電気雲のペルシェンベは、いや、広目天王サイド的にいうなら、小白雷雲に乗った青彩賢竜はずっとわたし、というか、わたしが乗っている

空飛ぶ玄関《げんかん》マットのチャルシャムバについてきていました。

うちに帰ると、わたしは、このあいだ、近くのデパートの台湾《たいわん》美《び》食祭《しょくさい》で買ったジャスミン茶をいれ、広目天王《こうもくてんのう》がくれた月餅《げっぺい》を食べてみました。

食べたのはふたつでした。ひとつは黒いあんこのふつうの月餅でしたが、もうひとつはくるみあんでした。

小さい青い竜《りゅう》、いや、青彩賢竜《せいさいけんりゅう》にも、ひとつやろうとしたのですが、朝、八つも食べたからでしょうか、おなかがいっぱいらしく、まるで見向きもしませんでした。

ふつうのあんのものも、くるみあんのものも、横浜《よこはま》中華街《ちゅうかがい》清龍軒《せいりゅうけん》の月餅《げっぺい》は、前に食べたことがあります。そのときも、すごくおいしいと思いましたが、広目天王《こうもくてんのう》にもらったものも、同じようにおいしいのです。やはり、それはほんとうに、横浜中華街清龍軒の月餅だったのでしょう。

横浜中華街清龍軒の月餅は、竜《りゅう》の刻印《こくいん》が押《お》されていますが、その月餅にも、なにより、ちゃんと竜の刻印がありました。

つまりそれは、横浜中華街清龍軒にいけば、だれでも買える月餅で、天界《てんかい》でできたものというわけではなく、広目天王のしゃれ風にいうなら、月並《つきな》みな月餅だったのです。

いいわすれましたが、わたしは月餅が八つ入った箱をわたしのうしろに置いて、チャルシャムバに乗って帰ってきたのですが、そのうちのひとつのセロハンがちぎれていて、中の月餅が少しかじられていました。

青彩賢竜《せいさいけんりゅう》はずっと、小白雷雲《しょうはくらいうん》こと電気雲のペルシェンベに乗っていたし、かじったのは青彩賢竜ではないでしょう。

断定《だんてい》はできませんが、広目天王に会ったとき、見えないコウモリのジュマーもついてきていて、月餅をかじったのではないでしょうか。

ジュマーにとっては、横浜中華街清龍軒《よこはまちゅうかがいせいりゅうけん》の月餅《げっぺい》はあまりおいしくなかったようです。

べつに、うちにいるコウモリがかじったくらい、どうということはないと思い、夜になって、わたしはそのかじりかけの月餅を食べました。そのとき、残りの月餅は青彩賢《せいさいけん》竜《りゅう》がぺろりとたいらげてしまいました。

箱は記念にとってあります。

そうそう、その夜のことですが、ちょっとふしぎなことがあったのです。

夜中、わたしが目をさまし、そのあと眠《ねむ》れなくなってしまったので、こうなったらコーヒーでも飲もうかと、キッチンにいったのですが、そのとき、ベランダの窓《まど》とカーテンが開いていることに気づきました。

部屋には月あかりがさしこんでいました。

わたしが窓を閉《し》めようと、そちらのほうにいくと、西の空に満月がかかっているのが見えました。

あまりの美しさに、わたしはベランダに出て、満月をながめました。

ところが、わたしはやがてきみょうなことに気づいたのです。

月にはふつう、うさぎが餅《もち》つきをしている影《かげ》があります。

ところが、その夜の満月には、うさぎの餅つきの影はありませんでした。かわりに、竜《りゅう》がまるくなっている影があったのです。

気のせいだと思い、文字どおり目をこすって、よくよく見てみましたが、やはり月の影はうさぎの餅つきではなく、自分の尾《お》のさきをかむように、まるくなっている竜なのです。

その形には見おぼえがありました。

満月の竜の影の形は、横浜《よこはま》中華街《ちゅうかがい》清龍軒《せいりゅうけん》の月餅《げっぺい》の刻印《こくいん》と同じ形でした。

わたしは電気をつけ、青彩賢竜《せいさいけんりゅう》をさがしました。しかし、青彩賢竜はどこにも見あたりませんでした。ついでに、電気雲のペルシェンベもいません。

わたしはもう一度、ベランダに出て、満月をながめました。

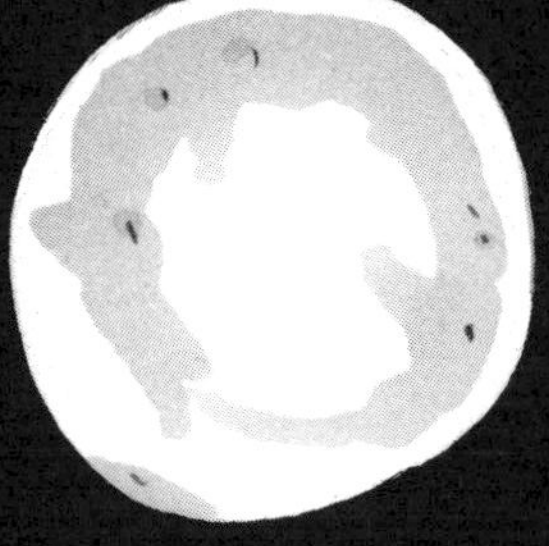

やはり、そこでは、うさぎは餅《もち》つきをしていません。竜《りゅう》がまるくなっています。

うさぎの餅つきがまるくなっている竜にかわったとしても、それは月でのことですから、まあ、それほど気にすることはないだろうと思い、いつ、青彩賢竜《せいさいけんりゅう》がペルシェンベと帰ってきてもいいように、窓《まど》を三十センチくらい開けておき、わたしはコーヒーをいれて、それを飲んでから、寝室《しんしつ》にもどりました。

コーヒーを飲んだわりには、そのあと、思いのほかよく眠《ねむ》れ、翌日《よくじつ》の月曜日の朝、目をさまして、リビングルームにいくと、青彩賢竜はダイニングテーブルの上に体をのばしきって、だらしなく眠っていました。

電気のブレーカーを見にいくと、ペルシェンベがへばりついていました。

ちょっといっておくと、そうやって電気雲のペルシェンベがブレーカーにへばりついているかぎり、うちの電気使用量はゼロなのです。

それはともかく、ふたりとも帰っているなら、安心です。

わたしはベランダの窓《まど》を閉《し》めました。

ところが、そのとき、わたしは晴れた空をなんとなく見あげ、きみょうなことに気づいたのです。

わたしは、土曜日の夜、近くのコンビニに買い物にいき、帰りに、月のない晴れあがった星空を見て、

「ああ、きょうは新月か……。」

とひとりごとをいったのを思いだしたのです。

土曜の夜が新月で、翌日《よくじつ》の日曜の夜が満月のはずはありません！

証拠《しょうこ》はありませんが、あの満月は、青彩賢竜《せいさいけんりゅう》のしわざのような気がするのです。

ひょっとして、月並《つきな》みな月餅《げっぺい》を食べたから、ああいう月を夜空に出現させることができたのでしょうか。そうだとすれば、横浜中華街清龍軒《よこはまちゅうかがいせいりゅうけん》の月餅は月並みな月餅ではないと

いうことになるかもしれません。

　考えてみれば、横浜中華街《よこはまちゅうかがい》清龍軒《せいりゅうけん》の月餅《げっぺい》はとてもおいしいから、その段階ですでに、月並《つきな》みな月餅ではないのかもしれません。

　横浜中華街青龍軒の月餅が月並みか月並みではないか、それはともかくとして、どのようにして、竜《りゅう》の影《かげ》がある満月を空に出現させたのか、それは、まったくわかりません。

ふしぎな島のふしぎな訪問者《ほうもんしゃ》

ふしぎな航海者《こうかいしゃ》たちの帰郷《ききょう》を目撃《もくげき》したこと

わたしが持っているふしぎなものの中に、見えない浮島《うきしま》があります。

これは、アッバス・アルカン氏から、四万円で買ったものですが、直径《ちょっけい》三十メートルくらいの小島で、東京湾《とうきょうわん》に浮《う》かんでいます。目に見えなくても、専用《せんよう》の海図を見れば、今どこにあるか、いや、あるかというより、どこにいるか、すぐにわかります。

いえ、その海図がなくても、空飛ぶ玄関《げんかん》マットのチャルシャムバに乗って、

「テシェキュレデリム！　さあ、チャルシャムバ。飛んで、あの島にいこう！」

といいさえすれば、空飛ぶ玄関マットのチャルシャムバがわたしをその島に運んでいってくれるのです。

ひとつつけくわえると、その島は見えないだけでなく、その島にいる人や、置いてある

ものも、外からは見えません。じつは、わたしはその島に、ビーチチェアと小さなテーブルをひとつずつ置いているのですが、それは、自衛隊《じえいたい》の高性能偵察機《こうせいのうていさつき》が上空から見ても、島ごと発見できないでしょう。

もちろん、外から島は見えなくても、島から外を見ることはできますから、島の周囲の景色を楽しむことができるのです。

南海のリゾート地ではなく、たとえ東京湾《とうきょうわん》であっても、無人の島のビーチチェアにねそべって、のんびり時間をすごすというのは、なかなか魅力的《みりょくてき》だと思われるかもしれませんが、いつでもその島にいけると思うと、なかなかいかないものです。

よく、有名避暑地《ひしょち》の高級別荘《こうきゅうべっそう》を買ったはいいが、買ったばかりのときはしょっちゅう出かけていっても、そのうち年に数日しかいかなくなったという話を聞きます。そういうことはよくあることなのでしょう。

じつをいうと、わたしが、その浮島《うきしま》にいったのは三回だけです。

一度目は、アッバス・アルカン氏につれられ、島を見にいったとき。

二度目は、その島を買ったあと、ビーチチェアを運びいれたとき。

三度目は、小さなテーブルを持っていったとき。

この三度だけでした。

それで、夏の終わりのある晴れた日曜日の朝、わたしは、カオスをさがしがてら、その島にいってみようと思い、空飛ぶ玄関《げんかん》マットのチャルシャムバに、

「テシェキュレデリム！　さあ、チャルシャムバ。飛んで、あの島にいこう！」

といって、住んでいるマンションの五階のベランダから飛びたったのです。

すぐうしろを電気雲のペルシェンベがついてきます。

ペルシェンベからは、小さな青い竜《りゅう》の青彩賢竜《せいさいけんりゅう》が顔と尾《お》を出しています。

ここで、わたしの見えない浮島《うきしま》について、もう少し説明するかわりに、アッバス・アルカン氏がわたしをその島につれていったときにいった言葉を引用しましょう。そうすれば、わたしの見えない浮島がどういうものか、だいたいわかってもらえると思います。

アッバス・アルカン氏はこういいました。

「あなた、直径《ちょっけい》三十メートルの、大きくて、透明《とうめい》なアンパンを想像《そうぞう》してみてください。そして、それが想像できたら、その大きなアンパンが海に浮《う》いているところを思いうかべ

てください。それこそが、この島なのです。わたしたちが立っているのは、その大きなアンパンのまんなかあたりです。ですから、ほぼたいらになっていますが、海辺にむかっては、なだらかな斜面《しゃめん》になっています。柵《さく》などはありませんから、お買いあげになっても、なれるまでは、海岸に近よらないほうが無難《ぶなん》です。」

そういうことだから、その島に立って、下を見ると、沖縄《おきなわ》などのリゾート地にあるようなグラスボートで、アクリルだかガラスだかの透明《とうめい》な船底《せんてい》ごしに海中をのぞくのと、同じように見えるのです。

さて、わたしが空飛ぶ玄関《げんかん》マットのチャル

シャムバから、その島のまんなかの、ビーチチェアのすぐそばに降りたったとき、わたしは、浮島《うきしま》のはじ、南側の岸辺に、黒っぽい、なにかがあるのを見つけたのです。

なにしろ、わたしはその浮島に、ビーチチェアとテーブルしか持ちはこんでおりませんから、それは、わたしが持っていったものではありません。

おそらく、流木が海岸に流れつくように、それは、浮島にただよいついたのだろうと、わたしは思いました。

それは、最初、ひらべったい台のように見えました。大きさはこたつくらいでしょうか。電気雲のペルシェンベも、それに気づいたようで、わたしの近く、地上一メートルほどの高さで、それをじっとうかがっていました。

ペルシェンベはなにしろ雲ですから、目鼻《めはな》はありません。でも、もうだいぶ長いこといっしょにいますから、ペルシェンベがなにを見ているか、だいたいわかります。

青彩賢竜《せいさいけんりゅう》はペルシェンベからぐっと身を乗りだし、頭を高くあげています。

こちらは竜《りゅう》ですから、目がそれなりにぐりぐりしているので、なにを見ているかは、わかりやすいわけで、やっぱり、台のようなものに見入っています。

わたしとペルシェンベと青彩賢竜《せいさいけんりゅう》がじっと見ているると、その黒っぽくて、ひらべったいものがゆらりとゆれたような気がしました。

そう思ったのはわたしだけではないようでした。

それが動いたことがペルシェンベにもわかったようで、ペルシェンベから小さな火花がいくつも飛びちりました。

ペルシェンベは敏感《びんかん》というか、気持ちが高ぶりやすいというか、喧嘩《けんか》っ早《ぱや》いところがあって、怪《あや》しいものがいると、そうなるのです。

チリチリ、チリチリ……。

いかにも電気っぽい音を立てて、ペルシェンベが全身を左右に動かしはじめました。

それは、まるで試合中のボクサーの頭の動きのようでした。

ほうっておくと、黒っぽい台のようなものにおどりかかり、雷《かみなり》を落とさないともかぎりません。

わたしは、

「待て、ペルシェンベ。」

といい、そのあと、

「手だしはだめだ。まず、あれがなんなのか、たしかめなくちゃ。」

といったのですが、そのときにはもう、ペルシェンベはスクランブル発進をかけており、いったん地上数メートルまであがると、そのまま目的物にむかって突進していきました。

浮島《うきしま》の直径《ちょっけい》はおよそ三十メートルですから、わたしたちとその黒っぽいものの距離《きょり》は約十五メートルです。

ペルシェンベはたちまち近づくと、一メートルほどの高さから、その黒っぽいもののすぐ近くに雷《かみなり》を落としました。
ドンと低い音がして、黒っぽいもののむこうで水しぶきがあがりました。

まずは警告弾《けいこくだん》というところでしょうか。
わざとはずして、雷《かみなり》を水ぎわに落としたのでしょう。
そのとき、黒っぽい台のようなものから、にゅっと、なにかがのびました。
このまま、ペルシェンべと黒っぽいもののあいだで、喧嘩《けんか》になってはいけません。
わたしは、黒っぽいものにむかって、かけだしました。
すぐ近くまでいく前に、その黒っぽいものの正体《しょうたい》がわかりました。
それはウミガメでした。
黒というよりは、濃《こ》い緑の、こたつサイズのウミガメだったのです。
ウミガメはペルシェンべを見あげてから、つぎにわたしのほうに顔をむけました。
ペルシェンべは、
「すぐに退去《たいきょ》しないのなら、次は甲羅《こうら》を雷撃《らいげき》するぞ！」
といわんばかりに、体をふるわせています。
わたしがそばにいくと、ウミガメは一度、まばたきをしてから、
「そこで、小さな竜《りゅう》を乗せて、あばれている雲はあなたの家来《けらい》かね？」

といい、ペルシェンベをちらりと見あげました。

それからまた、わたしのほうを見て、

「もし、そうなら、乱暴《らんぼう》はやめるように、いってもらえんか。」

といったのです。

わたしはまず、

「べつに家来《けらい》とか、そういうのではありませんが……。」

といってから、ペルシェンベに、

「ペルシェンベ。よしなさい。」

と声をかけ、それから、ウミガメにたずねました。

「どちら様ですか?」

するとウミガメは、

「この島はあなたの領地《りょうち》かね?」

ときいてきました。

「領地っていうか、まあ、この島はわたしのですけど……。」

わたしがそう答えると、ウミガメはいいました。

「そういうことなら、こちらから名のろう。よそのうちにきて、名のらないのでは、どろぼうみたいだからな。わたしは竜宮《りゅうぐう》の右大将《うだいしょう》だ。」

電気雲のペルシェンべから顔を出していた青彩賢竜《せいさいけんりゅう》が首をかしげました。

竜宮という言葉に反応したのかもしれません。

「竜宮の右大将さんとおっしゃると？」

わたしがそういうと、竜宮の右大将と名のったウミガメはもう一度まばたきをしてから、いいました。

「竜宮の右大将でわからなければ、浦島太郎《うらしまたろう》とかかわりのあるカメと申せば、おわかりになるのでは？」

ここで、ようやくわたしは驚《おどろ》きの声をあげました。

「えーっ？　あなたが、昔話に出てくる、あのカメなのですか？　浦島太郎を竜宮につれていった？」

考えてみれば、驚くとすればここではなく、ウミガメが、

「あばれている雲はあなたの家来《けらい》かね?」

といったときのはずです。でも、わたしはカメがしゃべったときにはまるで驚《おどろ》かず、そのカメが、どうやら浦島太郎《うらしまたろう》を竜宮《りゅうぐう》につれていったウミガメらしいとわかったときに驚いたのです。

しかし、もっと考えてみれば、それも道理ではないでしょうか。

なにしろ、わたしは、リヒトホーフェン男爵《だんしゃく》はともかく、四天王《してんのう》に会っているのです。そのときだって、さして驚かなかったのに、カメがしゃべったくらいで、びっくりしてはいられないでしょう。

わたしが驚いたのは、しゃべらないはずの動物が口をきいたことではありません。そこにいるそのカメが浦島太郎とかかわりがあるとすれば、昔話の『浦島太郎』は実話だったということになります。物語にいくらかの脚色《きゃくしょく》はあったとしても、少なくとも、登場人物は実在《じつざい》したのだという、そのことに驚いたのです。

わたしは、まえから、浦島太郎については、いろいろと腑《ふ》に落ちないことがあったので、そのカメからじっくり話を聞きたくなりました。そこで、立ったままではよくないと思い、

カメの前にしゃがみこんで、

「さきほど、うちの電気雲のペルシェンベがあなたに乱暴《らんぼう》なことをしたことについては、おわびいたします。すみませんでした。」

とあやまってから、自分の名をいい、それから、カオスの管理《かんり》エージェントをしていることもいいました。

竜宮《りゅうぐう》の右大将《うだいしょう》と名のったウミガメは、カオスの管理エージェントという言葉にはほとんど反応せず、

「なるほど、それがあなたの官職《かんしょく》かね。」

といっただけでした。

そこでわたしは、まず、単刀直入《たんとうちょくにゅう》に、

「浦島太郎《うらしまたろう》というのは実在《じつざい》の人物なのですね？」

ときいてみました。

竜宮の右大将はうなずきました。

「もちろんだ。」

「ということは、じっさいにいた人なのですね。」

わたしが確認《かくにん》すると、竜宮《りゅうぐう》の右大将《うだいしょう》は、

「じっさいにいた……？」

とわたしの言葉をくりかえしてから、いいました。

「まあ、そういうことになる。少なくとも、モデルはな。過去形のところに、若干《じゃっかん》問題があるにしてもだ。」

「そうだ。」

ではなく、

「まあ、そういうことになる。」

という答えは、ちょっと気になりましたが、そんなことにこだわっている場合ではないので、わたしは次の質問《しつもん》をしました。

「では、竜宮城《りゅうぐうじょう》というのはじっさいにあって、乙姫様《おとひめさま》もいるというわけですか。」

竜宮の右大将はさっきより大きくうなずきました。

「もちろんだ。わたしは乙姫陛下《へいか》の家臣《かしん》だからな。」

それから、ウミガメは電気雲のペルシェンベから顔を出している青彩賢竜《せいさいけんりゅう》をちらりと見て、

「竜《りゅう》がいるのだから、竜宮《りゅうぐう》があるくらい、想像《そうぞう》がつくだろうが。まあ、そこにいる竜はわたしの知らない竜だがな。」

といいました。

「なるほど。」

とうなずいてから、わたしはたずねました。

「そうすると、あなたが浜辺で子どもたちにいじめられているのを浦島太郎《うらしまたろう》が助け、その礼として、浦島太郎が竜宮城《りゅうぐうじょう》に招待《しょうたい》され、あなたが浦島太郎を竜宮につれていったというのは？」

ウミガメは小さなため息をつき、

「そこだ。人間というものは、ちょっと考えればだれでもわかるようなことを見すごして、どんどん誤謬《ごびゅう》にはまりこんでいくものだな。」

といってから、わたしにいいました。

「わたしが女に見えるかね？」

「断言《だんげん》はできませんが、あなたの話しかたとか、右大将《うだいしょう》という肩書《かたが》きから見て、たぶん男性だと思っておりましたが……。」

「そのとおり、男だ。では、たずねるが、わたしがどこでいじめられていたって？」

「浜辺ということになっていますけど。」

「では、わたしがなぜ浜辺にいたのだ。男のウミガメは産卵《さんらん》しない。産卵もしないのに、つまり、用もないのに、どうしてわたしが海から浜辺にあがって、そこにいた人間の子どもたちにいじめられなければならないのだ？」

「では、あなたは浜辺にいなかったのですか？」

「そうはいっていない。たしかに、浜辺にはいた。だが、子どもにいじめられてはいない。」

わたしは、竜宮《りゅうぐう》の右大将のいっていることがだんだんわからなくなってきました。

竜宮の右大将がいっていることを補足《ほそく》しながら、まとめると、こうなります。

竜宮の右大将は雄《おす》だから、産卵はしない。産卵もしないのに、いわば危険《きけん》な浜辺に上陸したのは、特別な用があったからで、特別な用がある以上、それなりの用心はしているから、子どもにいじめられるようなことにはならない。

きっとそういうことなのでしょう。

用とはいったいなんなのか、それも知りたかったのですが、わたしはもっと知りたいことがあったので、さきをいそぎました。

「わかりました。とにかくあなたは浦島太郎《うらしまたろう》を竜宮城《りゅうぐうじょう》につれていったのですね?」

わたしがそういうと、竜宮の右大将《うだいしょう》は、

「つれていった……?　つれていった……ねえ……。まあ、おつれしたか、しなかったかというと、おつれした、たしかに。」

とどこか曖昧《あいまい》に答えたのです。

わたしはさらにたずねました。

「それで、浦島太郎は竜宮城で楽しくすごしたあと、陸地に帰りたがった。乙姫《おとひめ》は浦島太郎を帰したくなかったが、浦島太郎がどうしてもというので、乙姫は浦島太郎をあなたに送らせた……、と、そういうことでしょう?」

「言葉の使いかたに、若干《じゃっかん》問題があるが、だいたい、そんなところだ。」

竜宮《りゅうぐう》の右大将《うだいしょう》が認《みと》めたところで、わたしはさらにつっこんで質問《しつもん》しました。

「乙姫《おとひめ》は玉手箱《たまてばこ》という、いわば老化促進《ろうかそくしん》ガスの入った箱を、それとは告げずに、浦島太郎《うらしまたろう》に持たせ、開けてはならないといった。そのようにいえば、浦島太郎がかならず開ける、いや、浦島太郎ならずとも、たいていの者は、そんなふうにいわれれば、かえって開けたくなるという心理を読みきっていて、玉手箱をわたしたのです。」

「いや、それはちょっと……。」

と、わたしをさえぎろうとした竜宮の右大将にはかまわず、わたしはいいました。

「自分をひとり置いて、故郷《こきょう》に帰ってしまう男憎《にく》さに、乙姫が浦島太郎をほかのだれにもわたさない手段として、老化促進ガスを浴びるようにしむけたというところは、まあ、わからなくもありません。しかし、昔話では、乙姫はともかく、あなたは浦島太郎に直接《ちょくせつ》の恩義《おんぎ》があるはずです。玉手箱の中身がなんなのか、右大将のあなたが知らないはずはない。恩義はないとしても、それなりの情《じょう》はあるはずです。それなのに、あなたは玉手箱の中身を教えずに、浦島太郎と浜辺でわかれたのです。」

わたしは早口でそういってから、ゆっくりといいたしました。

「わたしは、小さいときに浦島太郎《うらしまたろう》の話を聞いて、なんでカメは浦島太郎に、玉手箱《たまてばこ》の中身を教えなかったのだろうか、いくら乙姫《おとひめ》に口止めされていたとはいえ、浦島太郎が故郷《こきょう》で、知る人もなく、いきなり老人になることを見すごすとは、いくらなんでも薄情《はくじょう》ではないか？　恩知《おんし》らずではないか？　と、そう思ったのです。その思いは今もかわりません。そういうカメと今、たまたまここでめぐりあえたのを機に、失礼とは思いますが、そのあたりのことについて、いったいどういうお気持ちでそうなさったのか、ぜひうかがいたいのです。」

いいたいことをすっかりいってしまうと、

今度は、なんだかいいすぎてしまったような気になりました。それで、竜宮《りゅうぐう》の右大将《うだいしょう》から目をそらし、そういえば、電気雲のペルシェンベはどこにいったのだろうと、立ちあがって、あたりを見まわすと、ペルシェンベはわたしと竜宮の右大将とのやりとりにあきてしまったらしく、浮島《うきしま》のまんなか、地上五十センチに止まっている空飛ぶ玄関《げんかん》マットのチャルシャムバのまわりをぐるぐるまわって、じゃれついていました。

そのペルシェンベから身を乗りだし、青彩賢竜《せいさいけんりゅう》が頭をブルンブルンとふりまわしています。

見るともなく、わたしがそれを見ていると、竜宮の右大将はつぶやくようにいいました。

「ところで、浦島太郎《うらしまたろう》の両親のことをごぞんじかな？」

わたしは竜宮の右大将に視線をもどし、もう一度しゃがみこみました。そして、いいました。

「浦島太郎の両親ですって？」

「そうだ。ほら、桃太郎《ももたろう》の場合、両親というわけではないが、育ての親の老夫婦《ろうふうふ》は話に出る。浦島太郎はどうだ？　両親どころか、友すら、話に登場しない。どうしてだと思うね？」

「どうしてって……。」

わたしが口ごもると、竜宮《りゅうぐう》の右大将《うだいしょう》は断言《だんげん》しました。

「登場しないのは、はじめから、そんな者たちはいないからだ。少なくとも、地上にはいない！」

「地上にはいないって、じゃあ、どこにいるんです？」

「どこって、それをいう前に、こんな話はどうだ。」

「こんな話？」

「そうだ。ある村なり町なりに、美しい金持ちの青年があらわれ、その青年が家を買って、ひとりで暮《く》らしていたとしよう。昔は町人や農民は苗字《みょうじ》が持てなかったのに、その青年には苗字があった。青年は頭がよく、いろいろなことを知っていたし、しっかり文字も読めた。人々はその青年のことをどう思うかな。」

「どうって、きっとどこかの武士《ぶし》の若者がなにかの事情《じじょう》で、国を出て、そこに住んでいるとでも思うでしょうか。」

「そうだろうな。だれかに追われているなら、かかわりあいにならないほうがいいと思うだろうが、そんなようすがなければ、村や町の有力者は、自分の娘《むすめ》の婿《むこ》にしたいと思うだろう。青年の家に押《お》しかけてくる娘もいるかもしれない。でも、その青年は身持ちがいいというか、娘たちに見むきもしないのだ。それだけではない。青年は、あこぎに年貢《ねんぐ》の増《ぞう》額《がく》をせまってくる領主《りょうしゅ》にかけあって、人々を守ったりしたかもしれない。さて、そこでだ。ある日、その青年が姿《すがた》を消したとしよう。」

そこまでいって、竜宮《りゅうぐう》の右大将《うだいしょう》はまた、まばたきをしました。そして、首をめぐらせ、海をぐるりと見わたしました。

凪《な》いでいた海に、いつのまにか波が立っています。

竜宮の右大将がいくらか声を高くしていいました。

「けれども、そこに目撃者《もくげきしゃ》がいたのだ。」

「目撃者とは?」

「青年が凪いだ海に入っていくのを見た者がいたのだよ。」

「海に入るって、みずからの命を絶《た》とうとしたのですか。」

「いや、ちがう。一部始終《いちぶしじゅう》を目撃した者がいうには、その青年は、海からあらわれたカメにまたがって、海に入っていき、水平線のかなたに消えたということなのだ。」

「なるほど、その場面だけ聞くと、浦島太郎《うらしまたろう》の話に似《に》ていますね。」

「似ているのではなく、それが真相《しんそう》なのだ。その青年は二度とそこにはもどってこなかったから、その青年を惜《お》しむ気持ちが浦島太郎の物語になったのだ。つまり、浦島太郎はかぐや姫《ひめ》と同じで、異世界《いせかい》の高貴《こうき》な者が人間世界にやってきて、故国《ここく》に帰っていった話なのだ。苗字《みょうじ》は公家《くげ》や武士《ぶし》しか持てないもので、高い身分の象徴《しょうちょう》なのだ。浦島太郎に浦島という苗字があるのは、高い身分であることをあらわしている。それから……。」

竜宮《りゅうぐう》の右大将《うだいしょう》はそこでまた話をとぎらせ、もう一度、海を見まわしました。そして、

「風が出てきたが、まだかな。」

とつぶやいてから、

「浦島の浦という字は霞ケ浦《かすみがうら》の浦になっているが、じつはちがうのだ。うらしまのうらは、表裏《おもてうら》の裏だ。裏島、すなわち、地上を表す島の反対側にある世界、それはつまり……。」

といい、一呼吸《ひとこきゅう》おいてから、いいはなちました。

「竜宮のことだ！」

「えーっ！」

驚《おどろ》いたわたしは思わずのけぞり、両手をうしろにつきました。

竜宮《りゅうぐう》の右大将《うだいしょう》はわたしにのしかかるように、ぐっと体をせりだしてきました。

「太郎は嫡男《ちゃくなん》をあらわす。すなわち、浦島太郎《うらしまたろう》とは竜宮王国の皇太子殿下《こうたいしでんか》であらせられるのだ！」

わたしはずりずりとうしろにさがってから、立ちあがりました。

のけぞったわたしに気づいた電気雲のペルシェンペが飛んできました。

竜宮の右大将がペルシェンペにいいました。

「わたしはなにもしていない。おまえの主人がかってにひっくりかえったのだ。」

「そうなのか？」

というように、ペルシェンペがわたしのほうを見ました。いや、見たようだったので、わたしはペルシェンペにいいました。

「そうなんだ。この人、じゃない、このカメがわたしを押《お》したおしたわけじゃない。」

そのとき、竜宮の右大将から見て右側、東西南北でいうと、北のほうから、一艘《そう》のきれ

いな小型《こがた》ヨットがこちらに近づいてくるのが見えました。

「おお、ようやくおいであそばされたか。」

といって、竜宮《りゅうぐう》の右大将《うだいしょう》がヨットを目で追っていると、ヨットはそのまま、浮島《うきしま》の横をかすめるようにして、通りすぎてしまいました。

ヨットには、白いスーツを着た青年が乗っていました。

通りすぎたヨットはすぐに方向転換《てんかん》し、こちらにむかってまっすぐつきすすんできました。そして、あわや衝突《しょうとつ》というときになって、浮島《うきしま》は直進してくるヨットをかわしました。

じつをいうと、その浮島は外から見えないだけではなく、船が近づいてくると、それをよける特質《とくしつ》があるのです。

「おかしいな……。」

とひとりごとをいっている竜宮《りゅうぐう》の右大将《うだいしょう》に、わたしはいいました。

「あのですね。この島は外からは見えません。それに、自分で船をよけるのです。」

「なんだと？　どうりで、さきほど海を泳いでいて、なにかぶつかったと思ったら、このきみょうな島に乗りあげてしまったということか。船はよけても、カメはよけないのだな。」

「たぶんそうでしょう。」

とわたしがうなずいているあいだに、ヨットはまた島からはなれていきました。

白いスーツを着た青年が口に手をあてて、さけびました。

「おおい！　じいーっ！　どこだーっ！」

「こりゃあ、いかん。こちらをごらんになれないのだ。それでは、さらばだ。カボス林の管理人《かんりにん》！」

竜宮の右大将はそういうと、水辺の斜面《しゃめん》をずりずりとすべっていき、前足が海水につかったところで、顔だけふりむいて、いいました。

「そうそう。もう、察しはついたと思うが、皇太子殿下《こうたいしでんか》の母君が乙姫陛下《おとひめへいか》であらせられる。それから、わが竜宮《りゅうぐう》王国の皇太子殿下は今回十八回目、二十年ごとの日本留学《りゅうがく》から、これよりご帰国の途《と》につかれる。」

「ちょっと待ってください。じゃあ、浦島太郎《うらしまたろう》は竜宮の王子で、その王子が日本に留学していたと、そういうことですか。」

「そうだ。これはしゃれではないが、竜は留学するのだ。竜はおしなべて広目天王様《こうもくてんのうさま》の眷《けん》属《ぞく》だからな。おそらく、その乱暴《らんぼう》な小さな雲に乗っている竜も、どこの竜宮の者だか知らぬが、留学中だろう。」

「どこの竜宮って、竜宮というのは、たくさんあるのですか。」

「ある！　メジャーなところでは、東海《とうかい》、西海《さいかい》、南海《なんかい》、北海《ほっかい》それぞれの、東海竜宮、西海竜宮、南海竜宮、北海竜宮。それから、うちは……。」

とそこまでいって、竜宮の右大将《うだいしょう》は、

「なんで、わたしがそんなことを教えなくてはならないのだ。」

といってから、いいたしました。

「ともあれ、広目天王様《こうもくてんのうさま》は、名が広目、つまり、広い目、ワイド・アイだ。広く見聞することの重要さをこころえていらっしゃるのだ。では、さらばだ。」

それから、竜宮《りゅうぐう》の右大将《うだいしょう》は前をむき、ぐっと体を海に押《お》しだしました。

わたしはそのうしろ姿《すがた》にむかって、いいました。

「じゃあ、竜宮の王子の浦島太郎《うらしまたろう》は竜なのですか？」

竜宮の右大将は顔だけこちらにむけて、あたりまえのようにいいました。

「なにをもうしておる。竜宮の皇太子殿下《こうたいしでんか》が竜でなくてどうする。皇太子殿下も、殿下の母君の乙姫様《おとひめさま》も竜だ。」

「えーっ！」

と驚《おどろ》くわたしをのこし、竜宮の右大将はヨットにむかって泳いでいきました。

ヨットまでの距離《きょり》はせいぜい二、三十メートルでしょう。

「殿下ーっ！　じいは、こちらでーっ！」

海から顔を出して、泳ぎながらさけんだ竜宮の右大将の声に気づいたのでしょう。白いスーツの青年は竜宮の右大将のほうを見て、さけびました。

「じい、どこにいたんだ。約束の場所にいないから、さがしたではないか。」

「いやはや、ついそこで……。」

といったところで、波が竜宮《りゅうぐう》の右大将《うだいしょう》の顔にかかり、声がとぎれました。

やがて、竜宮の右大将が体をヨットに横づけすると、白いスーツの青年はヨットから竜宮の右大将の背中《せなか》に乗りうつりました。すると、竜宮の右大将は一度こちらをふりむき、

「ラーコンクラップ！」

とさけんだのです。

きっとそれは、竜宮語で、〈さようなら〉という意味なのでしょう。

それならこちらもとばかりに、わたしは知っているトルコ語で、見送りのさようならを返しました。

「ギュレギュレ、竜宮の右大将！　ギュレギュレ、竜宮の皇太子殿下《こうたいしでんか》！」

竜宮の右大将にまたがった皇太子の姿《すがた》が見えなくなると、わたしは島のまんなかまで歩いていき、そこにいる空飛ぶ玄関《げんかん》マットのチャルシャムバに乗って、あぐらをかきました。

「テシェキュレデリム！　さあ、チャルシャムバ。飛んで、うちに帰ろう！」

飛びたった空飛ぶ玄関《げんかん》マットのチャルシャムバから海を見おろすと、もちろん島は見えず、一艘《そう》の小型《こがた》ヨットだけがたゆたっていました。ただ幾重《いくえ》もの波頭がのぞめるだけで、竜宮《りゅうぐう》の右大将《うだいしょう》の背《せ》に乗った皇太子《こうたいし》の姿《すがた》はありませんでした。

それから、帰り道でも、カオスは見つかりませんでした。

エピローグ

わたしはときどき、気持ちがあせり、こんなことでは、いつ自力でカオスの管理補修《かんりほしゅう》ができるかわからないし、いつ、カオスから出てくるふしぎなものを自力で手に入れることができるのかも、わからない……と、そう思うことがあります。

自力でとはつまり、アッバス・アルカン氏から引きついだときに受けとった道具だけで、もっといってしまうと、どこかの卑怯《ひきょう》な軍隊のように、無人の偵察機《ていさつき》を使わずに、ということです。

わたしは、自力でカオスを発見し、点検《てんけん》のうえ修繕《しゅうぜん》し、カオスから出てきたものを手に入れたいのです。

もっとも、あの紙飛行機を使わないことには、もうひとつわけがあります。

あの紙飛行機は、電気雲のペルシェンベがなんだかすごくだいじにしているようで、わたしがさわると、不機嫌《ふきげん》になり、小さな火花をまきちらして、部屋中ぶんぶん飛びまくるのです。

ともあれ、わたしはカオスの管理《かんり》エージェントをやめる気はまったくありません。なぜなら、めずらしいものは手に入らなくても、カオスの管理エージェントをつづけていれば、きわめてめずらしい者たちに会えるからです。

そういうわけで、みなさん、ギュレギュレ！

本作品は、会員制雑誌「鬼ヶ島通信」の第50+13号（2014年夏号）から第50+18号（2016年冬号）まで連載された六篇に加筆修正し、まとめたものです。

作・斉藤 洋（さいとう　ひろし）

1952年、東京都に生まれる。中央大学法学部卒業後、同大学院文学研究科ドイツ文学博士課程前期修了。1986年に『ルドルフとイッパイアッテナ』で講談社児童文学新人賞を受賞してデビューし、1988年にその続編『ルドルフ ともだち ひとりだち』で野間児童文芸新人賞を受賞。1991年にそれまでの業績にたいして路傍の石幼少年文学賞を、2013年に『ルドルフとスノーホワイト』で野間児童文芸賞を受賞。おもな作品に「白狐魔記」シリーズ、「西遊記」シリーズ、「アーサー王の世界」シリーズ、「なん者・にん者・ぬん者」シリーズ、『K町の奇妙なおとなたち』『オイレ夫人の深夜画廊』『らくごで笑学校』『日曜の朝ぼくは』『ベンガル虎の少年は……』などがあり、出版点数は300を超える。

絵・高畠 純（たかばたけ　じゅん）

1948年、愛知県に生まれる。愛知教育大学卒業。絵本『だれのじてんしゃ』でボローニャ国際児童図書展グラフィック賞、『オー・スッパ』で日本絵本賞、『ふたりのナマケモノ』で講談社出版文化賞絵本賞を受賞。作品に「白狐魔記」シリーズ、『のどからあいうえお』『ぼくはアフリカにすむ キリンといいます』『もしもし…』『ピースランド』『すいかのたび』『ぞうさんのおとしあな』『らくちん らくちん』『わんわんわんわん』『十二支のおやこえほん』など多数。

空で出会ったふしぎな人たち

2017年8月　初版第1刷

作者　斉藤 洋
画家　高畠 純

発行者　今村正樹
発行所　偕成社　〒162-8450 東京都新宿区市谷砂土原町3-5
電話 03-3260-3221（販売部）03-3260-3229（編集部）
http://www.kaiseisha.co.jp/

校正　鴎来堂
印刷・製本　中央精版印刷株式会社

NDC913/174p./22cm
ISBN978-4-03-727250-0　Published by KAISEI-SHA. Printed in Japan.

落丁本、乱丁本はお取り替えいたします。

本のご注文は、電話、ファックス、またはEメールでお受けしています。

TEL:03-3260-3221　FAX:03-3260-3222　E-mail:sales@kaiseisha.co.jp